T. S. ELIOT

TRADITION AND THE INDIVIDUAL TALENT

Selected Essays

传统与个人才能

[英] 托·斯·艾略特 著
卞之琳等 译

陆建德 主编

上海译文出版社

献给

哈丽雅特·肖·韦弗

感谢并嘉颂

她为英语文学

所作的奉献

目　录

传统与个人才能

一

在英文著述中我们不常说起传统，虽然有时候也用它的名字来惋惜它的缺乏。我们无从讲到“这种传统”或“一种传统”；至多不过用形容词来说某人的诗是“传统的”，或甚至“太传统化了”。这种字眼恐怕根本就不常见，除非在贬责一类的语句中。不然的话，也是用来表示一种浮泛的称许，而言外对于所称许的作品不过认作一件有趣的考古学的复制品而已。你几乎无法用传统这个字眼叫英国人听来觉得顺耳，如果没有轻松地提到令人放心的考古学的话。

当然在我们对已往或现在作家的鉴赏中，这个名词不会出现。每个国家，每个民族，不但有自己的创作的也有自己的批评的气质；但对于自己批评习惯的短处与局限性甚至于比自己创作天才的短处与局限性更容易忘掉。从许多法文论著中我们知道了，或自以为知道了，法国人的批评方法或习惯；我们便断定（我们是这样不自觉的民族）说法国人比我们“更挑剔”，有时候甚至于因此自鸣得意，仿佛法国人比不上我们来得自然。也许他们是这样；但我们自己该想到批评是像呼吸一样重要的，该想到当我们读一本书而觉得有所感的时候，我们不妨明白表示我们心里想到的种种，也不妨批评我们在批评工作中的心理。在这种过程中有一点事实可以看出来：我们称赞一个诗人的时候，我们的倾向往往专注于他在作品中和别人最不相同的地方。我们自以为在他的作品中的这些方面或这些部分看出了什么是他个人的，什么是他的特质。我们很满意地谈论诗人和他前辈的异点，尤其是和他前一辈的异点，我们竭力想挑出可以独立的地方来欣赏。实在呢，假如我们研究一个诗人，撇开了偏见，我们却常常会看出：他的作品中，不仅最好的部分，就是最个人的部分，也是他的前辈诗人最有力地表明他们的不朽的地方。我并非指易接受影响的青年时期，乃指完全成熟的时期。

然而，如果传统的方式仅限于追随前一代，或仅限于盲目地或胆怯地墨守前一代成功的方法，“传统”自然是不足称道了。我们见过许多这样单纯的潮流很快便消失在沙里了；新颖总比重复好。传统是具有广泛得多的意义的东西。它不是继承得到的，你如要得到它，就必须用很大的劳力。首先，它含有历史的意识，我们可以说这对于任何想在二十五岁以上还要继续作诗人的人，差不多是不可缺少的；历史的意识又含有一种领悟，不但要理解过去的过去性，而且还要理解过去的现存性，历史的意识不但使人写作时有他自己那一代的背景，而且还要感到从荷马以来欧洲整个的文学及其本国整个的文学有一个同时的存在，组成一个同时的局面。这个历史的意识是对于永久的意识，也是对于暂时的意识，也是对于永久和暂时结合起来的意识。就是这个意识使一个作家成为传统性的。同时也就是这个意识使一个作家最敏锐地意识到自己在时间中的地位，自己和当代的关系。

诗人，任何艺术的艺术家，谁也不能单独具有他完全的意义。他的重要性以及我们对他的鉴赏，就是鉴赏他和已往诗人以及艺术家的关系。你不能把他单独评价；你得把他放在前人之间来对照，来比较。我认为这不仅是一个历史的批评原则，也是一个美学的批评原则。他之必须适应，必须符合，并不是单方面的；产生一件新艺术作品，成为一个事件，以前的全部艺术作品就同时遭逢了一个新事件。现存的艺术经典本身就构成一个理想的秩序，这个秩序由于新的（真正新的）作品被介绍进来而发生变化。这个已成的秩序在新作品出现以前本是完整的，加入新花样以后要继续保持完整，整个的秩序就必须改变一下，即使改变得很小；因此每件艺术作品对于整体的关系、比例和价值就重新调整了；这就是新与旧的适应。谁要是同意这个关于秩序的看法，同意欧洲文学和英国文学自有其格局，谁听到说过去因现在而改变正如现在为过去所指引，就不至于认为荒谬。诗人若知道这一点，他就会知道重大的艰难和责任了。

在一个特殊的意义中，他也会知道他是不可避免地要经受过去标准所裁判。我说被裁判，不是被制裁；不是被裁判比从前的坏些，好些，或是一样好；当然也不是用从前许多批评家的规律来裁判。这是把两种东西互相权衡的一种裁判，一种比较。如果只是适应过去的种种标准，那么，对一部新作品来说，实际上根本不会去适应这些标准；它也不会是新的，因此就算不得是一件艺术作品。我们也不是说，因为它适合，新的就更有价值；但是它之能适合，总是对于它的价值的一种测验——这种测验，的确只能慢慢地谨慎地进行，因为我们谁也不是决不会错误地对适应进行裁判的人，我们说：它看来是适应的，也许倒是独特的，或是，它看来是独特的，也许可以是适应的；但我们总不至于断定它只是这个而不是那个。

现在进一步来更明白地解释诗人对于过去的关系：他不能把过去当作乱七八糟的一团，也不能完全靠私自崇拜的一两个作家来训练自己，也不能完全靠特别喜欢的某一时期来训练自己。第一条路是走不通的，第二条是年轻人的一种重要经验，第三条是愉快而可取的一种弥补。诗人必须深刻地感觉到主要的潮流，而主要的潮流却未必都经过那些声名卓著的作家。他必须深知这个明显的事实：艺术从不会进步，而艺术的题材也从不会完全一样。他必须明了欧洲的心灵，本国的心灵——他到时候自会知道这比他自己私人的心灵更重要几倍——是一种会变化的心灵，而这种变化，是一种发展，这种发展决不会在路上抛弃什么东西，也不会把莎士比亚、荷马或马格德林时期[①]的作画人的石画，都变成老朽。这种发展，也许是精炼化，当然是复杂化，但在艺术家看来不是什么进步。也许在心理学家看来也不是进步，或没有达到我们所想象的程度；也许最后发现这不过是出之于经济与机器的影响而已。但是现在与过去的不同在于：我们所意识到的现在是对于过去的一种认识，而过去对于它自身的认识就不能表示出这种认识处于什么状况，达到什么程度。

有人说："死去的作家离我们很远，因为我们比他们知道得多得多。"确是这样，他们正是我们所知道的。

我很知道往往有一种反对意见，反对我显然是为诗歌这一个行当所拟的部分纲领。反对的理由是：我这种教条要求博学多识（简直是炫学）达到了可笑的地步，这种要求即使向任何

① Magdalenian，欧洲旧石器时代的晚期。

一座众神殿去了解诗人生平也会遭到拒绝。我们甚至于断然说学识丰富会使诗的敏感麻木或者反常。可是，我们虽然坚信诗人应该知道得愈多愈好，只要不妨害他必需的感受性和必需的懒散性，如把知识仅限于用来应付考试，客厅应酬，当众炫耀的种种，那就不足取了。有些人能吸收知识，而较为迟钝的则非流汗不能得。莎士比亚从普鲁塔克[①]所得到的真实历史知识比大多数人从整个大英博物馆所能得到的还要多。我们所应坚持的，是诗人必须获得或发展对于过去的意识，也必须在他的毕生事业中继续发展这个意识。

于是他就得随时不断地放弃当前的自己，归附更有价值的东西，一个艺术家的前进是不断地牺牲自己，不断地消灭自己的个性。

现在应当要说明的，是这个消灭个性的过程及其对于传统意识的关系。要做到消灭个性这一点，艺术才可以说达到科学的地步了。因此，我请你们（作为一种发人深省的比喻）注意：当一条白金丝放到一个贮有氧气和二氧化硫的瓶里去的时候所发生的作用。

二

诚实的批评和敏感的鉴赏，并不注意诗人，而注意诗。如果我们留意到报纸批评家的乱叫和一般人应声而起的人云亦云，我们会听到很多诗人的名字；如果我们并不想得到蓝皮书的知识而想欣赏诗，却不容易找到一首诗。我在前面已经试图

---

① Plutarch （约 46—120），古希腊历史学家，著有《希腊罗马名人传》。

指出一首诗对于别的作者写的诗的关系如何重要，表示了诗歌是自古以来一切诗歌的有机整体这一概念。这种诗歌的非个人的理论，它的另一面就是诗对于它的作者的关系。我用一个比喻来暗示，成熟诗人的心灵与未成熟诗人的心灵所不同之处并非就在“个性”价值上，也不一定指哪个更饶有兴味或“更富有涵义”，而是指哪个是更完美的工具，可以让特殊的或颇多变化的各种情感，能在其中自由组成新的结合。

我用的是化学上的催化剂的比喻。当前面所说的两种气体混合在一起，加上一条白金丝，它们就化合成硫酸。这个化合作用只有在加上白金的时候才会发生；然而新化合物中却并不含有一点儿白金。白金呢，显然未受影响，还是不动，依旧保持中性，毫无变化。诗人的心灵就是一条白金丝。它可以部分地或全部地在诗人本身的经验上起作用；但艺术家愈是完美，这个感受的人与创造的心灵在他的身上分离得愈是彻底；心灵愈能完善地消化和点化那些它作为材料的激情。

这些经验，你会注意到，这些受接触变化的元素，是有两种：情绪与感觉。一件艺术作品对于欣赏者的效力是一种特殊的经验，和任何非艺术的经验根本不同，它可以由一种感情所造成，或者几种感情的结合；因作者特别的词汇、语句或意象而产生的各种感觉，也可以加上去造成最后的结果。还有伟大的诗可以无须直接用任何情感作成的：尽可以纯用感觉。《神曲 · 地狱篇》第十五歌（布鲁内托 · 拉蒂尼[①]），显然是使那种情景里的感情逐渐紧张起来；但是它的效力，虽然像任何艺术作品的效力一样单纯，却是从许多细节的错综里得来的。最后

① Brunetto Latini（约 1220—1294），意大利古典学者，但丁良师。

四行给我们一个意象，一种依附在意象上的感觉，这是“自己来的”，不是仅从前节发展出来的，大概是先悬搁在诗人的心灵中，直等到相当的结合来促使它加入了进去。诗人的心灵实在是一种贮藏器，收藏着无数种感觉、词句、意象，搁在那儿，直等到能组成新化合物的各分子到齐了。

假如你从这部最伟大的诗歌中挑出几段代表性的章节来比较，你会看出结合的各种类型是多么不同，也会看出主张“崇高”的任何半伦理的批评标准是怎样的全然不中肯。因为诗之所以有价值，并不在于感情的“伟大”与强烈，不是由于这些成分，而在于艺术作用的强烈，也可以说是结合时所加压力的强烈。保罗与弗兰切斯卡的一段插曲是用了一种确定的感情的，但是诗的强烈性与它在假想的经验中可能给与的任何强烈印象颇为不同。而且它并不比第二十六歌写尤利西斯的漂流更为强烈，那一歌却并不直接依靠着一种情感。在点化感情的过程里有种种变化是可能的：阿伽门农的被刺，奥赛罗的苦恼，都产生一种艺术效果，比起但丁作品里的情景来，显然是更形逼真。在《阿伽门农》里，艺术的感情仿佛已接近目睹真相者的情绪。在《奥赛罗》里，艺术的情绪仿佛已接近剧中主角本身的情绪了。但是艺术与事件的差别总是绝对的：阿伽门农被刺的结合和尤利西斯漂流的结合大概是一样的复杂。在两者中任何一种情景里都有各种元素的结合。济慈的《夜莺颂》包含着许多与夜莺没有什么特别关系的感觉，但是这些感觉，也许一半是因为它那个动人的名字，一半是因为它的名声，就被夜莺凑合起来了。

有一种我竭力要击破的观点，就是关于认为灵魂有真实统一性的形而上学的说法：因为我的意思是，诗人没有什么个性可以表现，只有一个特殊的工具，只是工具，不是个性，使种种印象和经验在这个工具里用种种特别的意想不到的方式来相互结合。对于诗人具有重要意义的印象和经验，而在他的诗里可能并不占有地位；而在他的诗里是很重要的印象和经验，对于诗人本身，对于个性，却可能并没有什么作用。

我要引一段诗，由于并不为人熟悉，正可以在以上这些见解的光亮——或黑影——之中，用新的注意力来观察一下：

如今我想甚至于要怪自己
为什么痴恋着她的美；虽然为她的死
一定要报复，因为还没有采取任何不平常的举动。
难道蚕耗费它金黄的劳动
为的是你？为了你她才毁了自己？
是不是为了可怜的一点儿好处，那迷人的刹那，
为了维护夫人的尊严就把爵爷的身份出卖？
为什么这家伙在那边谎称拦路打劫，
把他的生命放在法官的嘴里，
来美化这样一件事——打发人马
为她显一显他们的英勇？……[①]

这一段诗里（从上下文看来是很显然的）有正反两种感情的结合：一种对于美的非常强烈的吸引和一种对于丑的同样强烈的迷惑，后者与前者作对比，并加以抵消。两种感情的平衡是在

① 见西里尔·图尔纳（Cyril Tourneur，约 1575—1626）的《复仇者的悲剧》（*The Revenger's Tragedy*）第 3 幕，第 5 场。

这段戏词所属的剧情上，但仅恃剧情，则不足使之平衡。这不妨说是结构的感情，由戏剧造成的。但是整个的效果，主要的音调，是由于许多浮泛的感觉，对于这种感情有一种化合力，表面上虽无从明显，和它化合了就给了我们一种新的艺术感情。

诗人所以能引人注意，能令人感兴趣，并不是为了他个人的感情，为了他生活中特殊事件所激发的感情。他特有的感情尽可以是单纯的、粗疏的或是平板的。他诗里的感情却必须是一种极复杂的东西，但并不是像生活中感情离奇古怪的一种人所有的那种感情的复杂性。事实上，诗界中有一种炫奇立异的错误，想找新的人情来表现：这样在错误的地方找新奇，结果发现了古怪。诗人的职务不是寻求新的感情。只是运用寻常的感情来化炼成诗，来表现实际感情中根本就没有的感觉。诗人所从未经验过的感情与他所熟习的同样可供他使用。因此我们得相信说诗等于“宁静中回忆出来的感情”[①] 是一个不精确的公式。因为诗不是感情，也不是回忆，也不是宁静（如不曲解词义）。诗是许多经验的集中，集中后所发生的新东西，而这些经验在讲实际、爱活动的一种人看来就不会是什么经验。这种集中的发生，既非出于自觉，亦非由于思考。这些经验不是“回忆出来的”，他们最终不过是结合在某种境界中，这种境界虽是“宁静”，但仅指诗人被动地伺候它们变化而已。自然，写诗不完全就是这么一回事。有许多地方是要自觉的，要思考的。实际上，下乘的诗人往往在应当自觉的地方不自觉，

① 英国诗人华兹华斯在《抒情歌谣集》序（*Preface to Lyrical Ballads*）中提出的著名论断。

在不应当自觉的地方反而自觉。两重错误倾向于使他成为“个人的”。诗不是放纵感情，而是逃避感情，不是表现个性，而是逃避个性。自然，只有有个性和感情的人才会知道要逃避这种东西是什么意义。

三

灵魂乃天赐，圣洁不动情。[①]

这篇论文打算就停止在玄学或神秘主义的边界上，仅限于得到一点实际的结论，有裨于一般对于诗有兴趣能感应的人。将兴趣由诗人身上转移到诗上是一件值得称赞的企图：因为这样一来，批评真正的诗，不论好坏，可以得到一个较为公正的评价。大多数人只在诗里鉴赏真挚的感情的表现，一部分人能鉴赏技巧的卓越。但很少有人知道什么时候有意义重大的感情的表现，这种感情的生命是在诗中，不是在诗人的历史中。艺术的感情是非个人的。诗人若不整个地把自己交付给他所从事的工作，就不能达到非个人的地步。他也不会知道应当做什么工作，除非他所生活于其中的不但是现在而且是过去的时刻，除非他所意识到的不是死的，而是早已活着的东西。

卞之琳　译

① 原文为希腊文，见亚里士多德《灵魂论》。

批评的功能

一

几年前我在论艺术新旧关系的时候，用一段话阐明了自己的观点。我现在的看法还是这样。因为本文是这段话所说明的原则的具体应用，我不揣冒昧就把这段话援引如下：

> 现存的艺术经典本身就构成一个理想的秩序，这个秩序由于新的（真正新的）作品被介绍进来而发生变化。这个已成的秩序在新作品出现以前本是完整的，加入新花样以后要继续保持完整,整个的秩序就必须改变一下，即使改变得很小；因此每件艺术作品对于整体的关系、比例和价值就重新调整了；这就是新与旧的适应。谁要是同意这个关于秩序的看法，同意欧洲文学和英国文学自有其格局，谁听到说过去因现在而改变正如现在为过去所指引，就不至于认为荒谬。①

当时我所谈的是关于艺术家的事和我认为艺术家对于传统应该具有的观念；总而言之，这是一个秩序问题；批评的功能主要似乎也是这个问题。当时我想到文学，想到世界文学、欧洲文学、某一个国家的文学，正像现在一样，并不把它当作某些个人写下的作品的总和来看，而是把它当作“有机的整体”，当作个别文学作品、个别作家的作品与之紧密联系而且必须发生联系才有意义的那种体系来看。因此，艺术家如果要取得他独一无二的地位，就必须对他本身以外的某些东西表示忠顺，倾其身心地热诚对待它，为它作出牺牲。一种共同的遗产和共同的事业把一些艺术家自觉或不自觉地联合在一起：必须承认这一联合绝大部分是不自觉的。在任何时代里，真正艺术家之间，我认为有一种不自觉的联合。而且，由于我们有要求条理化的本能，促使我们在能够自觉行动时避免盲目的不自觉性，因此必须承认，只要我们做一番自觉的努力，就能够使不自觉的行动成为有意识的目标。一个二流作家必然舍不得投身于任何共同的行动；因为他主要的任务是在维护表明他自己特色的那种微不足道的特点：只有那些根底踏实，在工作中舍得忘我的人才能合作、交流和作出贡献。

如果对艺术是这样看的话，那末更有理由这样认为，凡是持有这种观点的人，对批评的看法必然也是这样。我说的批评，意思当然指的是用文字所表达的对于艺术作品的评论和解释；至于一般人如何运用“批评”这一词来指上述那种批评文章（如马修 · 阿诺德[②]在他的文章中的用法），我下面还要做几点补充或修正。我敢说从来没有一个解说批评（就这词的狭义而言）的人曾经作过这样荒谬的结论，认为批评本身就是目的。我并不否认艺术可以有本身以外的目的；但是艺术并不一定要注意到这些目的，而且根据评价艺术价值的各种理论来发

---

① 见《传统与个人才能》一文。

② Matthew Arnold（1822—1888），英国诗人、批评家。

挥作用，不论它们是什么样的作用，越不注意这种目的就越好。但是，另一方面，批评就必须有明确的目的；这种目的，笼统说来，是解说艺术作品，纠正读者的鉴赏能力。这样，批评家的任务已是十分明显规定的了；要判断批评家是否出色地完成了自己的任务，一般说来哪种批评有用，哪种没用，也比较容易。但是如果我们对这个问题稍加注意的话，我们就会发现目前的批评界远不是这么回事。目前的批评界远不是一个足以排斥一切骗子的互相宽容、步伐整齐一致的场所。它比星期天公园里吵吵闹闹，连各自的不同点在哪里还说不清楚的演说家并不高明多少。从事批评，本来是一种冷静的合作活动。批评家，如果是真正名副其实的话，本来就必须努力克服个人的偏见和癖好——这是每个人都容易犯的毛病——在和同伴们共同追求正确判断的时候，还必须努力使自己的不同点和最大多数人协调一致。如果我们发现相反的情况占优势，我们就不禁要猜疑这些批评家是靠粗暴极端地反对别的批评家维持生活；要不然就是在企图用人家早已持有的意见，来为自己个人的某些微不足道的癖好加油添酱，而这些则因为爱虚荣或迟钝，所以还在固执已见。我们不得不将这一类的批评家排除出去。

等到我们把这类批评家排除出去，怒气平息下来以后，我们紧接着就必须承认剩下的某些书、某些散文、某些句子和某些人对我们是“有用”的。下一步我们就应该设法将它们归类，我们能否找出一些原则来确定哪些书值得保留，哪些是批评所应该遵循的目的和方法。

二

上面概述的关于艺术作品和艺术、文学作品和文学、“批评”文章和批评之间关系的观点，依我看来，是合理的和不言自明的。我要感谢米德尔顿·默里[1]先生，他使我理解到这个问题的争论性质，或者，倒不如说，他使我理解到这个问题里包含着一个明确的最终的选择问题。我日益感到对默里先生应有的感激之情。我们大多数批评家的工作是在制造混乱；是在调和、掩盖、降低、拼凑、粉饰，调配安适的止痛剂；自以为他们和别人的不同点是他们是好人，别人的名声却大可怀疑。默里先生不是这样的人。他懂得必须采取明确的立场，一个人必须经常确确实实地拒绝一些东西，选择一些别的东西。默里先生不是几年前在一张文学报上写那篇文章的那位不署名的作者。那位作者声称浪漫主义和古典主义几乎是一件事情，说法国真正的古典时代是产生哥特式教堂和圣女贞德的时代。我不能同意默里先生关于古典主义和浪漫主义的看法；我认为两者的分别是完整和零碎，成熟和幼稚，齐整和杂乱的分别。可是默里先生所表明的是对待文学和其他任何事情，至少可以有两种态度，而我们不能兼持两种态度。从默里先生所表明的态度看来，似乎别的一种态度在英国是完全没有立足之地的。他把这问题看成是民族性和种族性的问题了。

默里先生把他的问题说得很清楚。他说：“天主教代表的是个人以外无可争辩的精神权威的原则；它也就是文学中古典主义的原则。”就默里先生讨论所及的范围来说，我认为他的定

① Middleton Murry（1889—1957），英国批评家。

义是无可非议的，虽然关于天主教和古典主义还大有话可说。我们这些支持默里先生关于古典主义的说法的人，相信人们必须忠顺于他们自身以外的某些东西才能生活下去。我知道“以外”和“以内”这种用词会引起无休止的诡辩，任何心理学家也不会容忍夹杂着这种拙劣词句的讨论，但是我敢说默里先生和我都会认为为了说明我们的目的，用这两个字来度量是恰当的。我们也会同意不去理睬我们心理学界朋友们的责难。如果你感到必须把某件事物假定为自身以外的，那末它就是自身以外的。如果一个人关心的是政治，那末我认为，他必须要忠顺于某些法则、某种政府形式，或者是某一个君主；如果他关心的是宗教，也信仰某一种宗教，那末他必然要忠顺于某一个教会；但是如果碰巧他关心的是文学，那末我认为他所要忠顺的，必然恰巧是我在前面几段话里努力提供的那种应有的忠顺。可是默里先生还提出另一种主张。“英国作家，英国神学家，英国政治家并没有从他们祖先那里继承到什么法规；他们只继承了一件东西：就是在最终不得已时求助于内心的呼声。”我承认这种说法能够说明某些事例。它解说了劳合·乔治[1]先生的观点。但是为什么要在“最终不得已时”呢？难道他们真的控制着内心的呼声直等到最后一刻吗？我的印象是这种具有内心呼声的人随时随刻都准备听它的吩咐，别的声音根本听不进去。内心的呼声听起来非常像过去一位老批评家所提出的，而现在已经是家喻户晓的一条老原则——“做自己愿做的

① Lloyd George（1863—1945），第一次世界大战期间任英国军需大臣、陆军大臣，1916 年到 1922 年又为联合政府首相，自由党人。艾略特反对劳合·乔治的自由党立场。

事情"[1]。这种具有内心的呼声的人会十个人挤在一节车厢里到斯旺西去看足球赛，一面倾听低声诉说着永无休止的虚荣、恐惧和欲念的内心呼声。

默里先生会很有理由地说这是故意在歪曲。他说："如果他们（英国作家、神学家、政治家）在追求自我认识的时候，发掘得深一些的话——不仅用智力，而用整个身心——就会在自我中找到一个普遍的原则。"——这种发掘是一种远非我们的足球爱好者力所能及的功课。这种功课，我认为天主教会对它感兴趣，很可以写些手册来论述它的实施呢。但是天主教徒，依我看来，除了某些异端是可能的例外，决不是自我陶醉的多情的那喀索斯[2]。天主教并不认为上帝和人是同等的。"真诚探究自己的人最终会听到上帝的声音"，默里先生这样说道。这样的说法在理论上引向泛神论。我认为泛神论并不是欧洲的东西，正像默里先生认为"古典主义"不是英国的东西一样。至于实际效果怎样，人们倒不妨读读《休迪布拉斯》[3] 的诗句。

我并没有意识到默里先生是一种重要派别的代言人，直等到我在一张著名报纸的社论栏里读到了这样的话："古典文学的天才在英国的代表虽然有辉煌的成就，但是他们并非英国性格的唯一代表，英国性格归根结底是他们顽强的'幽默感'和不信奉国教的精神。"这篇文章的作者在用"唯一"这个形容词

---

① 出自马修·阿诺德的《文化与无政府状态》（*Culture and Anarchy*）。阿诺德把英国人分成三类：未开化的，鄙俗的和大众的。前二种包括上层阶级，后一种专指工人阶级。他说："工人阶级现在从掩蔽的地方走出来了，也要行使英国天赋的特权，即'做自己愿做的事情'。"艾略特借此反对默里的浪漫主义批评标准。

② Narcissus，为希腊神话中一位美少年，他爱上自己映在水中美丽的影子以致淹死变为水仙花。

③ *Hudibras*，十七世纪英国文学家塞缪尔·巴特勒（Samuel Butler，1612—1680）所写的嘲讽诗。艾略特认为巴特勒是成功的英国古典主义作家。

时态度是温和的，而在把“我们身上的未开化的条顿族因素”说成是“幽默”的时候，态度却是坦率到有些无情的地步了。可是我认为默里先生和说这一段话的人不是太固执，就是太宽容。问题，首要的问题，倒不是对我们来说什么是顺乎自然、什么是可以信手拈来的，而是什么是正确的？要么是这种态度比那种态度好，要么这种态度无所谓。但是这样一种选择怎么可能是无所谓呢？借助于种族根源或者仅仅说法国是这样，英国是那样，当然不能解决下面的问题：这两种对立的观点，究竟哪一种正确呢？我不能明白为什么在拉丁国家里（默里先生说的）古典主义和浪漫主义之间的深刻对立，在我们这里却无关紧要。如果说法国天性是古典的，那么为什么法国和我们英国一样，还会有“对立”呢？如果说他们先天不是古典的，而是后天得到的，那末为什么我们这里不能得到它呢？是不是说法国人在一六〇〇年是古典的，而英国在同一年里是浪漫的呢？在我的印象里，一个更为重要的区别是法国在一六〇〇年早已有了更为成熟的散文了。

三

上边的讨论似乎使我们离开本文正题有一大段路。可是花些工夫来研究默里先生关于自身以外的权威和内心的呼声之间的比较是值得的。因为对于那些服从内心呼声（“服从”也许不是恰当的词）的人来说，我关于批评所说的话不可能有任何价值。因为他们不会对研究批评中的共同原则的努力感兴趣。一个人有了内心呼声，还要原则干什么呢？如果我喜欢一件东西，我需要的就是它；如果我们有不少人，大家喊着喜欢这件东西，那么这就是你（虽然你并不喜欢）应该需要的一切。艺术的法则，克拉顿-布罗克[①]先生认为，都是判例法。我们不仅能够随心所欲地喜欢我们所喜欢的，而且能够任意找出理由来喜欢它。事实上，我们关心的并不是文学的完美——追求完美是琐屑的表现，因为它意味着作者必须承认自身以外无可争辩的精神权威的存在，而且必须努力使自己与它适应。我们真正感兴趣的不是艺术。我们决不崇拜巴力神[②]。“古典主义的指导原则是服从职责或传统，不服从人。”但是我们要的不是原则，而是人。

内心的呼声这样说。这种声音，为了方便起见，我们得给它起一个名字：而我建议的名字是自由主义精神[③]。

四

撇开那些对自己的行业和选择权蛮有自信的人不谈，且让我们将话题转回到那些羞愧地依靠传统和积累起来的时代智慧的人身上来，把我们的讨论限制于这个弱点上互相同情的人方面，我们可以稍稍讨论一下某一个人——总的说来，他的同情是在软弱的弟兄方面的——对于“批评性”和“创造性”这两个术语的应用。马修·阿诺德对于这两种活动所作的分别，在

① Arthur Clutton-Brock（1868—1924），英国散文家、批评家。“判例法”是指以遵循先例为原则，以个案判例的形式表现出的法律规范，作为判例的先例对以后的判决具有法律规范效力，而非抽象的，能概括一切，应用一切的条文或法则。

② Baal，古代腓尼基神。

③ 自由主义精神，原文为 Whiggery。艾略特反对默里的浪漫主义批评标准。“浪漫派”批评家不承认有客观艺术标准，认为诗歌的好坏在于它是否真诚地反映了作者的“内心的呼声”。艾略特把这一派称为 Whiggery，等于政治上的“自由党人”或“自由主义者”。

我看来，似乎太粗率：他忽视了创作本身过程中批评的头等重要性。一个作家在创作过程中的确可能有一大部分的劳动是批评活动，提炼、综合、组织、剔除、修正、检验：这些艰巨的劳动是创作，也同样是批评。我甚至认为一个受过训练、有技巧的作家对自己创作所作的批评是最中肯的、最高级的批评；并且认为某些作家所以比别人高明完全是因为他们的批评才能比别人高明的缘故（我想我从前就说过这样的话）。有一种倾向，我想是一种自由主义的倾向；它诋毁艺术家的这种批评的劳动，提出一个伟大的艺术家是不自觉的艺术家，他的旗帜上不自觉地写着胡乱对付过去的字样。我们这些内心既聋且哑的人，虽然缺乏那种预言的本领，有时能从一个谦恭的良心得到补偿；它会劝告我们尽力而为，提醒我们在作品里必须尽可能避免缺点（以此来补偿灵感的不足）。总之，我们这样就浪费不少时间。我们也认识到批评的辨别力，在我们说来很不容易得到，但在某些比我们幸运的人的心中，在他们进行创作的炽热中已经闪现。因此我们不能因为创作过程中没有明显的批评劳动，就认为根本没有付出批评劳动。我们不知道在创作之前，作家头脑中准备过什么劳动，或者在整个创作过程中，他又进行了些什么样的批评活动。

但是这种断言又向我们自己提出反问。假如这么大一部分的创作实际上是批评，那么，大部分所谓“评论文章”实际上不也具有创造性么？岂不也存在一般意义下的创造性批评么？答案看来是，批评和创作之间不能是等号。我在前面已经不言自明地假定创作或艺术作品本身就是具有目的的；而批评，按定义来说，是涉及它本身以外的别的东西的。因此你可以将批评融入创作里，却不能将创作融入批评中。批评活动只有在艺术家的劳动中，与艺术家的创作相结合才能获得它最高的、真正的实现。

但是没有一个作家是完全无求于别人的，而且许多创作家有批评活动，但并不把它注入他们的作品。一些人似乎经常需要多方面地运用批评能力，以保持这种能力写出真正的作品；另外一些人，在写完一部作品之后，还要继续批评活动，对作品加以注释。这里没有普遍的原则。就像人们可以互相学习一样，因此作家的有些评论文章对于别的作家有用处，而有些文章对于不是作家的人有用处。

我在某个时候采取过这种极端的立场，即倾向唯一值得阅读的批评家是本人从事而且很出色地从事，他们所评论的那一门艺术的批评家。但是当时我也必须把范围扩大，以便纳入某些重要的内容；此后，我一直在寻找一种公式，可以包括一切我所愿意包括的，甚至超过我要包括的，至今我能找到的最能说明批评家特殊重要性的最重要条件是批评家必须要有高度的实际感。这绝不是一种微不足道的、平常的才能；它也不是能轻易赢得人们推崇的一种才能。实际感是慢慢发展起来的；它的最高发展也许就意味着文明的顶峰。这是因为必须掌握的事实的领域太多，而最外层的事实、知识和控制的领域又会被在这领域之外的具有麻痹作用的幻想所包围。对于勃朗宁[①]学习小组的成员来说，诗人们关于诗的讨论看来枯燥无味、太技术性、太专门了。这只是写诗的人已经把学习小组成员只能在极为朦胧的形式下欣赏的一切感情澄清了，并且把这些感情表现为一种实际状态了；对于那些已经掌握了技巧的人来说，枯燥

① Robert Browning（1812—1889），英国诗人。

的技巧包含有小组的成员感到激动的内容；除此以外，只剩下已经变成准确、容易驾驭、处于控制之下的东西了。无论如何，这一点是创作实践者的评论所以有价值的一个理由——他是和他的事实打交道，并且能够帮助我们也这样做。

我发现同样的必要性在不同的批评水平上普遍存在。一大部分的批评文章是“阐释”一个作家或一部作品。这并不是在勃朗宁学习小组的那个水平。往往发生这样的事情：某个人对另一个人，或者作家有所了解，使他能部分地表达自己的理解，我们感到他理解得很正确，并且对我们很有启发。可是要用外在的证据来证实他的“阐释”却不容易。对于任何一个在这个水平上精于掌握事实的人来说也许会有足够的证据。但是谁能来证明他自己有这种技巧呢？况且有一篇这种类型的文章有一点成绩，就有千百处的蒙骗。你得到的不是洞察力，却是捏造。你要检验就必须一而再，再而三地把他的解释应用到原作上去，用你自己对于原作的见解作为自己的指导。但是没有人能够担保你是否胜任，这样我们又一次地发现自己处在进退两难的窘境中。

我们必须自己决定什么对我们有用，什么没有用，我们也很可能没有能力决断。但是可以肯定的是只有当“阐释”根本不是阐释，而只是使得读者掌握他们在其他情况下容易忽视的事实时，这种阐释（我指的不是文学中离合诗那种因素）才是唯一合理的阐释。我曾经有过在大学为成人办的夜校里讲课的经验，我发现只有两种办法来引导学生正确地欢喜他们所喜欢的东西，向他们提供一些经过选择的关于一部作品的比较简明的事实——作品的情况、背景、起源；要不然就是向他们突然提出一部作品，使他们来不及对它产生成见。有许多事实可以帮助他们了解伊丽莎白时代的戏剧；只需要高声朗诵托·厄·休姆的诗篇，就会立即取得效果。

我以前曾经说过比较和分析是批评家的主要工具。雷米·德·古尔蒙①在我之前也这样说过（他有时是事实的真正大师，在他越出文学界限之外的时候，我看他又是一个事实的幻觉大师）。显然，比较和分析的确是工具，但必须谨慎使用，决不能用于探究英国小说中提到过多少次长颈鹿。许多现代作家不能卓有成效地应用这两种工具。你必须知道什么要比较，什么要分析。已故的克尔教授娴于应用这种工具。比较和分析只要把尸体放到解剖台上就成；而阐释则始终必须从容器内取出身体各种部分并按原位把他们拼装。《评论和质疑》② 中所刊载的任何一本书、一篇文章或者评论对一部艺术品所提供的即使是最低级的事实，也要比登载在其他书刊中十分之九自认为了不起的评论文章好得多。我们当然承认我们是事实的主人，不是它的奴仆，我们知道发现莎士比亚的洗衣账单对我们并没有多大用处；但是对于这种发现是否是徒劳无益的研究，我们始终必须保留最终的判断，因为也许可能会有某个天才出现，懂得怎样利用它们。学术成就，即使是它最低微的形式，也有它自己的权利；我们认为我们懂得怎样使用它、怎样不用它。当然评论性的书籍和文章的大量出现，（我已经看到了）会在读者中间造成一种只读评论艺术作品的书而不读艺术作品本身的很坏的趣味；这样就可能是向读者灌输观点，而不是培养他们的鉴赏力。可是事实不会腐蚀鉴赏力；在最坏的条件下它也还能

---

① Remy de Gourmont（1858—1915），法国象征派作家和批评家。

② *Notes and Queries*，一份主要刊载关于英语语言文学、词典编纂学、历史和考据的短文的学术刊物。

满足一种鉴赏力——对于历史，或者说对古代风习或传记的鉴赏力——在一种认为前者有助于后者的想象之下。真正有腐蚀力的是那些只供给读者观点或是幻想的人；歌德和柯勒律治并不是无罪的——例如柯勒律治的《哈姆雷特》：这是根据资料认真写出的研究文章呢，还是一个穿上引人注目的衣裳的柯勒律治企图出现在读者的面前呢？

我们没有找到一个人人可以拿来应用的检验办法；因而我们不得不允许大量冗长乏味的书籍出现；但是我想我们已经找到了一种检验的办法，只要善于应用，这种办法是能够排斥真正坏的东西的。一说到这种检验的办法，我们就可以回到开头说的对文学和批评的政策上来。在进行我们前面所主张的那种批评时，是可能有合作性的活动的，并且还进一步有可能获得我们自身以外的什么东西，这种东西我们暂时可以把它叫作真理。但是如果有人抱怨说我没有给真理、事实或是真实性作出定义，我只能抱歉说这不是我目的所在。我只企图找到一个能纳入确实存在的（不管它们是什么）东西的体系。

罗经国　译

“修辞”与诗剧

罗斯丹[1]之死意味着一位诗人的消逝。联想到修辞最近才过时，我们把他——而不是法国任何其他人——当作“修辞”的倡导者来看待。当我们情不自禁地、充满温情地回忆《西哈诺》的作者的时候，我们想知道，与罗斯丹的功绩和过失一样直接相关的这一缺点或者优点是什么。至少，他的修辞有时对他来说是非常合适的，但却不适合比他伟大得多的诗人波德莱尔，后者有时和罗斯丹一样工于藻绘。于是，我们开始认为，这个词只不过是一个含义模糊的污蔑性术语，用来指任何拙劣文体——此类文体如此明显地拙劣或者不入流，以至于没有必要用更加精确的词语来描述它。

我们自己的伊丽莎白时代和詹姆斯时期诗歌——在探讨这么值得深思的一个问题时，用自己的母语要更稳妥些——多次被说成是“华而不实”。它具有各种各样明显的优点。不过，当我们想要承认它有缺点时，它就是华而不实的。它有严重的缺点，甚至是重大的错误。但是，在我们还弄不清它们是什么的时候，我们就不能把它们从我们的语言中删除。事实是，伊丽莎白时代的散文和诗歌文体样式繁多，瑕疵也不少。黎里[2]的文体，绮丽体，华而不实吗？同它所攻击的更加古老的阿谢姆[3]和埃利奥特[4]文体相对比，它清晰、流畅、齐整，并且相对而言是比较纯净的文体，有尽管单调但却成体系的对偶和明喻套语。纳什[5]的文体词藻华丽吗？他的文体虚夸、浮华、有力，与黎里的迥然有别。或者可以说，它可能是莎士比亚迷恋的那种牵强而混合的修辞手段，或者它可能是琼森精心写就的词藻华丽的诗文。这个词无论如何也不能被当作拙劣写作的同义词。它被迫承载的含义大都是不光彩的；不过，如果能够给它找到一个精确的含义，这个含义可能有时会代表一种优点。它是属于要由批评来剖析和重新归类的那种词。因此，我们不要假定修辞是写作风格的瑕疵，我们要试图找到一种具有实质性的修辞，它是正确的，因为它出自它必须表达的东西。

目前，诗歌领域极其偏爱口语体——“直接交谈”的风格，反对“演讲体”和修辞体；不过，如果修辞指任何使用不当的惯用写作技巧，这个口语体能够成为并且确实已经成为一种修辞，因为它尽可能远离礼貌话语。许多二三流的美国自由体诗歌就属于这种；许多英国华兹华斯效仿者的诗作也属于这种。实际上，没有任何口语或者其他形式可以不分青红皂白地使用；如果一个作家想要造成一种谈话的效果，他必须有把握地造成他本人或者以他扮演的一个角色的身份在说话的效果。如果我们要想在各个方面以极其令人信服的真实性表现我们自

---

① Edmond Rostand（1868—1918），法国戏剧家，著有《西哈诺》（*Cyrano*）等。

② John Lyly（1554—1606），英国散文家。文风词藻华丽，讲究形式整饬，代表作《尤弗伊斯》（*Euphues*），后演化出一种散文文体——绮丽体（Euphuism）。

③ Roger Ascham（1515—1568），文艺复兴时期英国人文主义者，剑桥大学希腊文教授，著有《嗜射者》（*Toxophilus*）和《老师》（*The Scholemaster*）等论教育的专著。

④ Sir Thomas Elyot（1490—1546），英国作家、词典编纂家，提倡使用英文散文取代拉丁文。

⑤ Thomas Nashe（1567—1601），英国政治家、小说家和剧作家，著有讽刺剧《夏日的最后遗嘱》（*Summer's Last Will and Testament*）、小说《不幸的旅客》（*The Unfortunate Traveller*）等。

己，我们的思想和感情的多样性，我们就必须用无穷的变化分毫不差地适应我们的风格。对伊丽莎白时代戏剧的研究就表明了这一适应的进程，它表现为从单调到多样化的发展，在认识情感变化方面有渐进性的精细改进，以及表现这些变化方式有渐进性的完善。这个时期的戏剧一般被认为与基德[①]和马洛的修辞表现——即浮华的言词——渐渐疏离，而接近莎士比亚和韦伯斯特[②]细微而分散的用辞。但是，这种对修辞的表面放弃或者疏离有两层含义：它部分地表现为语言的改进，部分地表现为情感上渐进的变化。当然，老希罗尼莫充满愤怒而流利的话语同李尔王结结巴巴的话语之间是有很长一段距离的。著名的

> 噢，眼睛不是眼睛，是浸满泪水的喷泉！
> 噢，生命不是生命，是死亡有活力的状态！

与精彩的“给希罗尼莫增添的人员”也是有差别的。[③]

我们可能会认为莎士比亚是那种把所有一切都凝聚在一句话之中——“请你替我解开这纽扣”[④] 或者“诚实的诚实的伊阿古”——的剧作家；但是我们忘了在莎士比亚创作鼎盛时期的作品中是有严格意义上的修辞技巧的，它完全没有莎士比亚早期或晚期作品中的那种真正的缺点。这些选段可以和基德和马洛最好的浮夸文字相比，并且对语言的运用更加熟练，情感

---

① Thomas Kyd（1558—1594），英国戏剧家，著有《西班牙悲剧》（*The Spanish Tragedy*），下文提到的希罗尼莫即该剧主要人物。

② John Webster（约 1580—约 1625），英国剧作家。著有《白魔》（*The White Devil*）和《马尔菲公爵夫人》（*The Duchess of Malfi*）等。

③ 前两行诗可能是由某个马洛的崇拜者所写。后者作者可能是琼森。——原注

④ 引自《李尔王》（*King Lear*），朱生豪译。

把握得也更好。当《西班牙悲剧》堕落成语言——这是它那个时代的伎俩——的时候，就变得浮夸了；《帖木儿大帝》言辞浮夸，是因为它单调，对情感的变化无动于衷。莎士比亚作品中真正好的修辞出现在剧本中的人物借着戏剧之光看到自己的那些场合：

奥赛罗 再补充一句说：在阿勒颇那个地方……①

科利奥兰纳斯 要是你们的历史上记载的是事实，那么你们可以翻开来看一看，我曾经怎样像头鸽棚里的鹰似的，在科利奥里城里单拳独掌，把你们这些伏尔斯人打得落花流水。孩子！……②

泰门 不要再来见我；对雅典说，泰门已经在海边的沙滩上筑好他的佳城……③

在《安东尼与克莉奥佩特拉》中，当爱诺巴勃斯在这个戏剧之光中受灵感感召看出克莉奥佩特拉时也出现了这种情况：

她乘坐的那艘船……

莎士比亚取笑马斯顿④，而琼森则取笑基德。但是在马斯顿的剧作中，言语不表达任何含义；而琼森则批评软弱无力和自负的语言，而不是情感和“演讲体”。琼森本人也善于演说。我认

① 引自《奥赛罗》（*Othello*），朱生豪译。
② 引自《科利奥兰纳斯》（*Coriolanus*），方重译。
③ 引自《雅典的泰门》（*Timon of Athens*），朱生豪译。
④ John Marston（1576—1634），英国讽刺作家和剧作家，著有《愤世者》（*The Malcontent*）、《荷兰妓女》（*The Dutch Courtesan*）等剧本。

为，他演讲成功的时刻是那些与我们的准则一致的时刻。在《卡塔林的阴谋》序幕中西拉的鬼魂的台词和在《冒牌诗人》开始时“妒忌”的台词就是明显的例子。这两个人物在对他们自己的戏剧重要性沉思默想，并且做得非常恰当。但是，《卡塔林的阴谋》里元老院那些人说的话是多么乏味，多么没有生气！在这里，可以说，我们不是剧中人物的旁观者，我们是辩论练习剧的旁观者，就好像我们是被逼着出席会议一样。可以想象，剧本中的台词绝对不应该像它能够感动剧中其他人物那样感动我们，因为我们应该保持我们作为旁观者的立场，并且虽然充分了解剧情，却要总是从外部来观看。这是非常重要的。《裘利斯·凯撒》中的那个场景是对的，因为我们注意力不是集中在安东尼的演说上（《意义》）[①]，而是集中在他的演说对民众造成的影响以及安东尼的意图、他的准备和他对效果的意识上。在我们刚刚引过的莎士比亚具有修辞性的台词中，在注意人物看自己的角度时，我们就有了解人物的新线索这一必要益处。但是，当剧中人物向我们直接呼吁的时候，我们要么是我们自己情感的牺牲品，要么就是在受蹩脚的修辞折磨。

这些参照应该为西哈诺关于鼻子的那一场的贴切性提供某种证明。西哈诺是否处于把自己当作浪漫的、戏剧性的人物这一立场上？在现代戏剧中，剧中人物本身的这种戏剧性意识是罕见的。在伤感剧中，当我们明显地愿意接受人物对自己做出令人伤感的阐释时，它会以低级的形式出现。在现实主义戏剧中，我们经常会发现那些从来不被允许有意识地具有戏剧性的部分。这可能是出于害怕它们会削弱真实性的缘故。但是，在

① *Bedeutung*，英国人文学科季刊。

现实生活中，在那些我们主观上极其喜爱的那些情境中，我们有时会意识到自己是这样的。而这些时刻对戏剧来说是有很大用途的。表演只有一小部分是发生在舞台上的那个部分！罗斯丹——不管他是否有其他意识——具有这种戏剧意识，并且是这种戏剧意识赋予了西哈诺生命。这种意识几乎是一种幽默感（因为当任何一个人意识到他自己在演戏时，像幽默感似的某种东西就出现了）。它赋予罗斯丹剧本中的人物——至少是西哈诺——在现代舞台上罕见的趣味。罗斯丹剧本中的人物一直都在迎合这一点。这在花园中西哈诺恋爱的那些场景中，我们就可以看出来。因为在《罗密欧与朱丽叶》中，那位更加深刻的剧作家让他的恋人们融入他们孤独自我的无意识之中，把人类灵魂表现为忘记自身的过程。罗斯丹不能那样做；但是西哈诺关于鼻子的那一场，人物、情境、场合都十分理想，结合得天衣无缝。这种结合形成的长篇演说不仅具有名副其实的戏剧性，而且还可能具有诗性。如果一个作家不能够创作出这样的场景，他的诗剧就会写得更糟。

就诸如此类的场景能够满足诗剧的需要而言，《西哈诺》是可以做到这一点的。它必须具有真正的和真实的人类情感，通过观察可以证实的情感，典型的情感，并且赋予它们艺术的形式；对每位作者所采用的方法而言，抽象的程度是一个问题。在莎士比亚的剧作中，形式是由整体的统一和单个场景的统一来决定的；像罗斯丹所做的那样，即使不能达到整体的统一，能达到场景的统一，就已经很了不起了。罗斯丹无论是作为剧作家还是作为诗人都要比梅特林克略胜一筹。后者的剧作，由于没有戏剧性，因而也没有诗性。梅特林克对戏剧性和诗性都有文学观念，他把二者连接起来；这二者并没有像有时在罗斯丹作品中那样融为一体。他作品中的人物并不以他们的角色而表现出明显的快乐——他们很伤感。对罗斯丹来说，重点在于情感的表达，而不是像对梅特林克来说那样，在于无法表达的情感。有些作家似乎相信情感通过不表达而获得张力，或许这些情感并非重要得可以忍受充分的日光。

无论如何，我们都可以做出选择：我们可以把“修辞”这一术语用于我所列举出来的那种戏剧性话语，那么，我们就必须承认，它既包括好的戏剧性语言也包括差的戏剧性语言。或者我们也可以选择把这种话语从修辞中排除。那样的话，我们就必须说，修辞是指言语的任何修饰或者夸耀，其目的不在于产生一种特别的效果，而在于营造一种总体的深刻印象。在这种情况下，我们也不会允许这个术语指一切差的作品。

杜维平　译

关于戏剧诗的七人谈

戊 乙，你刚才说，过去的戏剧批评家——你随意地以亚里士多德、高乃依和德莱顿为例进行说明——以他们的方式探讨戏剧规则倒是不错；而对于我们来说，问题就完全不同了，并且要复杂得多。这与我的一个观点是一致的，我稍后会对这一观点进行详细说明；但是，首先，我想知道，你发现的不同表现在哪些方面。

乙 为了使你接受我的观点，我只需要对这个问题进行简单论述。先谈亚里士多德。他只需考虑一种戏剧类型；他的评论可以完全限定在一种戏剧“范畴”之内；他不必考虑或者批评他的同道们的宗教、伦理或者艺术偏见。他不必像我们那样必须喜欢这么多东西，就是因为他不知道这么多东西。一个人知道和喜欢的越少，美学准则就越容易构建。他也不必考虑，对他所处的那个时代来说，什么是普遍适用的金科玉律或者必须掌握的准则，因此，他就会有更好的机会发现一些具有普世性的原理，知道对他所处的时代来说什么是正确的法则。至于德莱顿，我以他为例，是因为都铎-詹姆斯时期的戏剧和王政复辟时期的戏剧之间的断层实在是太明显了。我们都知道关闭剧院之类的事；并且，我们都爱夸大差别和困难。跟我们坐在这里探讨诗剧的这些人与萧伯纳先生、高尔斯华绥先生、亚瑟·平内罗[①]爵士、琼斯[②]先生、阿伦[③]先生和科沃德[④]先生这些几乎与我们处于同一时代的人的差别相比，德莱顿与琼森的差别根本就算不了什么。因为德莱顿所处的世界和莎士比亚与琼森所处的世界几乎就是同一个世界，它们的宗教、伦理和艺术先决条件是相似的。但是，我们与那些我刚刚提到的杰出剧作家又有什么共同之处呢？

让我们暂时回到亚里士多德这一话题上来。试想一下，我们对古希腊戏剧的了解（不幸的是）比他多多少吧。亚里士多德不必考虑戏剧与宗教的关系，古希腊人的传统道德观念，艺术与政治的关系；他不必刻苦钻研德国或意大利美学；他不必读哈里森小姐或者康福德先生（饶有兴趣）的作品，或者默里教授的译作，或者对着托达人[⑤]和维达人[⑥]滑稽古怪的行为皱眉头。他也不会把剧院当作赚钱的生意来考虑。

同样，德莱顿和使他学到很多东西的高乃依，也无须困扰于过多地去了解古希腊文明。他们阅读希腊和罗马的古典文学作品，意识不到古希腊罗马文明和他们自己文明的所有差别。而对我们来说，我们知道的太多，而相信的又太少了。我们的文学代替了宗教，而我们的宗教又代替了文学。如果我们不考虑戏剧在社会中的地位，只把是什么给我们带来娱乐这一问题搞好，我们就会做得更好。戏剧除了给人提供娱乐，还能有什

① Sir Arthur Pinero（1855—1934），英国剧作家、演员和散文家，主要写社会问题剧，受易卜生影响。他最成功的剧本是《第二位谭克雷夫人》（*The Second Mrs. Tanqueray*）。平内罗是一位多产剧作家，共发表了三十九部剧作。

② Henry Arthur Jones（1851—1929），英国戏剧家，受易卜生影响，创作了讨论社会关系和社会问题的剧本。

③ Michael Arlen（1895—1956），英国作家。

④ No. l Coward（1899—1973），英国剧作家、演员、作曲家，后文提到的《女王在客厅里》（*The Queen Was in the Parlour*）即为其作品。

⑤ Toda，印度南部山区游牧部落。

⑥ Vedda，斯里兰卡土著民族。

么其他目的吗?

戊　把戏剧简化为“娱乐”倒是不错，但是，在我看来，所发生的事情正是如此。我认为，戏剧除了给我们带来娱乐之外，还可以有其他功能。那么，目前，它的其他功能是什么?

乙　我刚才提到了一连串戏剧家的名字。我承认，他们的意图各不相同。比如说，平内罗关注的是提出，或者用当下不太文明的词儿，“摆出”他那代人的问题。他关注的是“摆出”问题，而不是回答问题。正好相反，萧伯纳关注的则是解决问题，而不是“摆出”问题。这两位造诣颇深的作家都有很强的伦理动机。这种伦理动机在阿伦先生或者科沃德作品中并不明显。他们的戏剧是纯粹的“娱乐”。这两个极端是同时存在的。这样，整个问题就变成：戏剧娱乐的对象是谁?娱乐的质量如何?

丙　在我看来，我认为，这些人中没有一位把娱乐当做唯一的目的。纯粹的娱乐是不存在的，他们所关注的是迎合观众和他们自己的各种偏爱。我绝不认为萧伯纳、平内罗或者科沃德先生会花哪怕是一小时的时间研究伦理学。他们的聪明在于，找到他们的观众在多大程度上愿意循规蹈矩，并且通过展示循规蹈矩的戏剧角色来鼓舞他们效仿。

丁　但是，为什么要期待戏剧家花那么五分钟时间研究伦理学?

乙　我同意。但是，他们需要持有某种与观众相同的道德态度。埃斯库罗斯和索福克勒斯，伊丽莎白时代的剧作家以及王政复辟时期的剧作家都是如此。但是，这种道德态度必须是已经存在的，不应该是剧作家强加的。

戊　德莱顿的《林博汉先生》的道德态度是什么呢?

乙 无懈可击。我们的王政复辟时期戏剧的道德观是毋庸置疑的。它采取正统的基督教道德立场，（以喜剧的形式）嘲笑人的本性，因为人们背离这一立场。它通过表现人的失败来保持对神的尊重。王政复辟时期戏剧对道德观的态度，犹如亵渎神明的人对宗教的态度那样。只有不敬神的人才对亵渎神明感到吃惊。亵渎神明是信仰的征兆。想象一下萧伯纳先生亵渎神明吧！他不会这样做。我们的王政复辟时期戏剧全都是关注美德的，它依美德而生存。《女王在客厅里》的作者并不依赖美德。

戊 你说得好像是戏剧只关注公认的道德规范。还是让我暂时把话题转到形式问题上来吧。我对伊丽莎白时期和平内罗或者巴里[①]的戏剧均不满意。几年前，我——和甲，还有乙、丙你们两位——看了俄国的芭蕾舞之后，感到非常高兴。除了诗歌之外，这里似乎有我们在戏剧中所需要的任何东西。它没有任何“说教”内容，但是有形式。它似乎是在恢复戏剧中我们所迫切需要的，更加具有形式意义的因素。我不得不承认，近期的芭蕾舞表演没有给我带来同样的快乐。但是关于这一点，从原则上讲，我要责怪佳吉列夫[②]先生，而不是芭蕾舞。如果说戏剧，尤其是诗剧，还有前途的话，难道它不是在芭蕾舞所指出的方向上吗？难道它不是形式的而非伦理方面的问题吗？难道诗剧与散文戏剧对比的问题不是形式程度的问题吗？

甲 我赞同你的观点。人们倾向于把韵文当作对戏剧的限制。他们认为，戏剧的情感表达范围和逼真性受韵文的限制和

① James Barrie（1860—1937），英国剧作家、小说家，著有《彼得 · 潘——不肯长大的男孩》等。

② Sergei Diaghilev（1872—1929），俄国艺术批评家，创立了俄国芭蕾舞的全新形式。

约束。他们说，人们过去曾经对戏剧中的韵文很满意，因为他们喜欢受约束的和不自然的情感表达。只有散文才能够使现代情感得到充分的表现，才能够符合现实。但是，每一种戏剧表现形式不都是矫揉造作的吗？当我们树立越来越伟大的现实主义目标的时候，难道我们不是仅仅在自欺欺人吗？难道我们不是对表面现象满意，而非坚持基本原则吗？人类的情感从埃斯库罗斯所处的那个时代到我们的这个时代有很大变化吗？我认为没有。我认为，散文体戏剧只是韵文体戏剧的一个微不足道的副产品。在情感强烈的时候，人的灵魂总是试图以韵文的形式表现自己。至于为什么会是这样，情感和节奏为什么以及如何相关，这就不是由我，而是由神经科学家来解决的。无论如何，散文体戏剧的倾向是强调短暂的和肤浅的东西；如果我们要想掌握具有永久性和普遍性的东西，我们就倾向于用韵文的形式表达自己。

丁　但是——回到刚才的话题上来——所有这一切都要指望芭蕾舞吗？芭蕾舞与永恒性和普遍性又是如何扯上关系的呢？

乙　芭蕾舞有价值，因为它无意间致力于具有永久性的形式；它没有价值，因为它致力于在内容上短暂的东西。除了真正的音乐家斯特拉文斯基和真正的剧作家科克托①，芭蕾的长处又在哪里呢？它在一种传统，一种培养，一种自律之中。公平地说，它不是起源于俄罗斯，而是起源于意大利，可以回溯几个世纪。完全有理由说，任何技巧高超的芭蕾舞演员都经历过一种培养，这种培养类似道德培养。我们时代成功的演员经历

① Jean Cocteau（1889—1963），法国诗人、剧作家、小说家、演员、电影导演。

过类似的培养吗？

戊　你正好说到我一直要说的话题上来了。你们全都认可芭蕾舞，因为它是一种身体训练方法，是传统的、具有象征性和高度技巧性的运动体系。它是一种具有广泛适应性的礼拜仪式。你们似乎在称赞礼拜仪式，而不是仪式的变化。很好。乙谈到我们对从古希腊先贤们到古希腊戏剧的认识，并且暗示说，我们比德莱顿、亚里士多德或者古希腊剧作家本人都更了解古希腊戏剧。我认为，戏剧的完美或者说完美和理想的戏剧，将会在弥撒的仪式中被发现。我认为——乙所提的那些学者（还有其他人）也持同样观点——戏剧产生于宗教仪式，并且不能脱离宗教仪式。乙认为戏剧的问题对亚里士多德、德莱顿和高乃依来说比对我们来说更加简单，这我是同意的。他们只需安于现状。但是，在我们自己所处的时代，当戏剧的范围已经尽可能地扩大的时候，难道回到宗教仪式不是唯一的解决问题的办法吗？现在，只有在做得好的大弥撒中我才能找到对戏剧的满意。在那里，人们不是可以找到一切必需的东西吗？确实，如果考虑教堂仪式一年的周期，这一出大戏就会全部表现出来。弥撒是一出小戏，有戏剧的全部创作原则；但是，在宗教节期里，创作的全部就可以表现出来。

乙　问题不是弥撒是否具有戏剧性，而是戏剧和弥撒之间的关系是什么？我们一定要实事求是。我们是不是想说，我们对戏剧的渴望要由弥撒来满足？我认为，只要粗略地检查一下，我们就可以做出回答：不是。戊，因为我曾经认识一个人，他的观点和你的一样。他每个礼拜天都去做大弥撒，并且特意找他认为弥撒做得好的教堂。由于我有时陪他去，我可以证明，弥撒使他得到极大的，甚至可以说过度的满足。它几乎就是狂欢。但是，当我后来对他的行为进行思考的时候，我意识到， 他是混淆了文类。他的注意力不是集中在弥撒的含义上，因为他不信仰宗教，而是一个柏格森主义者；他的注意力集中在弥撒的艺术上。他对戏剧的欲望从弥撒那里得到满足，恰恰是因为他不对弥撒感兴趣，而是对弥撒的戏剧性感兴趣。其实，我的意思是说，除非你是一个信徒，否则就没有权利去关心弥撒。并且，即使你是一个信徒，你也会有对戏剧的渴望，这些渴望期待以其他形式得到满足。因为人的生活有不同的层次。我们需要（因为我相信，但是，你们不必为了解我的观点而相信它）宗教信仰。并且，我们也需要娱乐（当然，娱乐的质量将与我们的宗教信仰的质量相关）。文学不能代替宗教，并不仅仅是因为我们需要宗教，而是因为我们需要文学和宗教。并且，宗教和戏剧也一样，都不能代替对方。如果我们没有宗教也能将就，那么，就让我们有戏剧，但是，别假装它就是宗教；如果我们没有戏剧也能将就，那么，我们就不要假装宗教就是戏剧。

因为注意力是有差别的。如果我们信仰宗教，那么，只有在弥撒做得不好，并且因而妨碍了我们的虔诚时，那么，我们才会意识到作为艺术的弥撒。一个虔诚的人，在参加弥撒时，和看戏的人心情是不同的，因为他在参与——而这产生的差别就太大了。在参与过程中，我们会最大程度地意识到某些现实，而对其他的现实则意识不到。但是，我们是人，并且渴望看到戏剧表演。在表演中，我们能够意识到这些其他现实，并且对之加以批判。我们不能只意识到宗教现实，我们还要意识到人的现实。我们渴望某种宗教性不太强的礼拜仪式。就这种仪式而言，我们将更主要的是观众，而不是参与者。因此，我们需要与宗教剧相关却又不同的，人的戏剧，也需要弥撒。

戊 你正好承认了我所期待的所有内容，并且，还说出了一些其他的东西。这就是戏剧和宗教仪式的基本关系。

丁 我想提个建议。建议是这样的：我们能否不假定，根据时代的宗教假设，戏剧的形式，从一个时代到另一个时代，必须会发生变化？也就是说，戏剧代表了时代提供的人的需要和满足与宗教需要和满足之间的关系。当时代有一套既定的宗教行为和信仰时，戏剧就能够并且应该朝着现实主义发展，我说的是“朝着”，我并没有说“达到”。宗教和伦理原则越明确，戏剧就越能够自由地朝着现在称之为摄影式的方向发展。宗教和伦理原则越变动不居，越混乱，戏剧就越会朝着仪式的方向发展。因此，一个时代的戏剧和宗教之间会呈现出某种恒定的关系。在德莱顿的时代，甚至高乃依的时代，乃至亚里士多德所处的时代，运动的方向是自由。在触及芭蕾舞的时候，或许在我们的时代，戏剧的发展方向应该是形式？

戊 这是一个非常有趣的理论，没有任何历史方面的支撑，但是，结论和我刚才说的完全相同。但是，如果需要形式，就必须探讨得比戏剧技巧还要深刻。

丙 请允许我打断一下。如果我现在不插话，很可能会忘记插话的。你们全都在谈形式和内容，自由和限制，好像每件事都是易变的。和我一样，你们也没有研究过郊区的通俗剧，我对这种通俗剧的评价是，它的道德观念是固定的。今天郊区剧中的道德观点与《法弗舍姆的阿尔丁》和《约克郡的悲剧》[①]那个时代基本没有什么变化。关于王政复辟时期的喜剧，我同

① 这两部戏剧分别为伊丽莎白时代和早期詹姆斯时期的剧作，作者身份有争议。

意乙的看法。它是基督教道德观念的充分证明。用我们伟大的英国喜剧家厄尼·洛廷加的幽默来做例子。它是（如果你们喜欢）淫猥下流的。但是，如此的下流是对英国传统道德观念的证明和承认。我是工党成员。我相信国王和伊斯灵顿帝国剧院。我不相信圣·莫里茨的富豪统治，我们的通俗剧作家迎合他。但是，我刚才说的是，我们的郊区剧在道德上是合理的，而在这种合理性中，诗歌可以产生。人性是不会发生变化的。请再来一杯波尔图酒。

乙　关于伊丽莎白时期的戏剧，恐怕我要认同已故的威廉·阿切尔[①]的观点。

甲、乙、丙、丁　什么！

乙　是的，威廉·阿切尔是个非常诚实的人。作为戏剧批评家，他有一个缺点：对诗歌一窍不通。此外，他还犯了个极大的错误，认为戏剧作品的戏剧性优点不参照它的诗性优点也可以衡量。亨利克·易卜生当然比西里尔·图尔纳更有戏剧方面的才能。但是由于阿切尔没有认识到，戏剧方面的和诗歌方面的才能并不相差甚远，所以，他错误地认为易卜生是比图尔纳更加伟大的剧作家。如果你高兴的话，可以说他更加伟大，但是他不会一样长久，因为最伟大的戏剧是诗剧，并且，戏剧的缺点能够被诗的优点所补偿。让我们把图尔纳放在一边，我们可以以莎士比亚为例来进行说明。

丙　你的意思是说莎士比亚是比易卜生更伟大的剧作家，不是由于他是更加伟大的剧作家，而是由于他是更加伟大的诗

① William Archer （1856—1924），英国戏剧评论家和翻译家，著有《戏剧世界》、《旧戏剧和新戏剧》等。

人吗？

乙　这正是我的意思。因为，从另一个方面说，哪一首伟大的诗不具有戏剧性？就连希腊文选中的不重要的作家，甚至马提雅尔[1]都具有戏剧性。有谁能比荷马和但丁更有戏剧性？我们是人，还有什么比人类的行为和态度更会令我们感兴趣的吗？但丁即使在以最高超的技艺向宗教神秘发起进攻的时候，难道他没有使我们卷入人类对这种神秘的态度这一具有戏剧性的问题上来吗？莎士比亚是伟大的剧作家和诗人。但是，如果把诗歌从戏剧中完全剥离开来，我们有权利说莎士比亚是比易卜生或者萧伯纳更加伟大的剧作家吗？萧伯纳对莎士比亚的看法是对的，因为萧伯纳绝对不是诗人。在这一点上，我又不是完全正确的，因为在出生之前萧伯纳的确是诗人，作为诗人的萧伯纳是死产儿。萧伯纳有大量诗歌，但全都不成功；在戏剧方面，萧伯纳是早熟的，而在诗歌方面，又极其不成熟。对于萧伯纳，我们最多只能说，他似乎没有读过威尔斯先生和巴恩斯主教曾经读过的所有关于科学的通俗手册。

戊　是的，莎士比亚令我们失望，并且阿切尔先生是对的。威廉·阿切尔攻击了伊丽莎白时代戏剧领域中的不重要人物，却不了解他也应该攻击莎士比亚，只是在这一点上，他是错误的。正如你所说的那样，他认为戏剧和诗歌是两种不同的东西，这是错误的。如果他认识到它们是同样的东西，他就不得不承认，西里尔·图尔纳是一个伟大的剧作家，琼森是一个伟大的剧作家，马洛是一个非常伟大的剧作家，韦伯斯特是一个伟大的剧作家，莎士比亚是一个如此伟大的剧作家，如此伟

① Martial（约 38—103），古罗马铭辞诗人。

大的诗人，以至于阿切尔先生本该消除一切疑虑，而不是回避这个问题，让莎士比亚来回答它。如果威廉·阿切尔先生问这个问题，莎士比亚会做出回答。但是，他没有问。

丁　我认为乙和戊对诗歌和戏剧之间的关系不是很清楚，尤其是乙。正如阿切尔把二者的关系割离得很机械那样，乙所作的聚合也很机械。让我们换个角度把这个问题弄得再清楚些，就从乙无意中说出的一点作进一步讨论吧。如果戏剧的发展方向是诗剧，不是通过添加粉饰，更不是通过限制其规模，我们就有理由期待像莎士比亚那样的戏剧性诗人，在他最有戏剧性的场景中写出他最好的诗歌。而这正是我们的确发现的：最具有戏剧性的东西，也是最有诗性的东西。没有人说莎士比亚的某些剧最具有诗性，而另一些剧最具有戏剧性。这些剧既是最有诗性的，也是最有戏剧性的。这不是由于同时出现了两种活动，而是由于同一个活动的充分扩展。我同意这样一种看法，即不是诗人的剧作家就不配做剧作家。

丙　威廉·阿切尔的书令人感觉奇怪的一点是，在某种程度上可以说，当他看到诗的时候，他的确认出来了；但是，不管怎样，当他在研究像查普曼[①]那样的伊丽莎白时代的人的时候，每当他遇到一段诗，他都不相信它具有戏剧性。他似乎在说，如果这是诗，那么就证明了它不是戏剧。我记得当我读那本书的时候，我注意到，阿切尔确实本来可以从查普曼的剧中挑出不具戏剧性，或者在戏剧性方面有缺陷的段落：但相反，他挑选了克勒蒙看到鬼魂时富有戏剧性的精彩台词作为“轻微

---

① George Chapman（1559—1634），英国诗人、剧作家，以翻译荷马作品著称。下文提到的戏剧为《布西·德·昂布阿的复仇》（*The Revenge of Bussy D'Ambois*）。

的惊讶”的例子！

乙　可能是鬼魂使他分心了。

戊　不过没有什么比鬼魂更具戏剧性。

丙　总之，诗歌和戏剧是没有“关系”的。所有诗歌都有戏剧倾向，所有戏剧都有诗歌倾向。

己　这是简练而危险的概括。因为你会承认，你会从大量甚至就连你自己老练的眼光几乎都察觉不出的有戏剧“倾向”的诗歌中获得乐趣；所以，你也应该喜爱许多当然是用散文写成的戏剧。

乙　他当然应该这样做。阿切尔先生不欣赏的一些伊丽莎白时代剧作实际上不是好戏剧。并且，正如萧伯纳先生所注意到的那样，有许多韵文也很差。萧伯纳指出，写差的韵文要比写好的散文容易——这是不可否认的；但是对萧伯纳来说，写好的散文容易，写好的韵文则是不可能的。

戊　你们对威廉·阿切尔穷追不舍，不过是徒劳之举。你们最好还是别谈他了，你们忘了告诉我们为什么莎士比亚令我们失望了。

乙　我的意思是说，阿切尔反对伊丽莎白时代的戏剧，部分是基于一个正确的直觉反应。他用了一些耸人听闻的术语，如“人道主义”来发泄他的不满。但是，如果他注意到他的坚决反对，既可用于莎士比亚，也可用于任何其他人，既可用于最好的戏剧，也可用于最差的戏剧，他可能就会承认，有责任给它找到另外一种并且更加深刻的解释。

甲　从你的话，我们是否可以这样说，你批评莎士比亚是因为他的戏剧不能给人道德上的启迪？

乙　在一定意义上说，是的。

甲 但是你刚才还为王政复辟时期的喜剧辩护，反对不道德和下流。

乙 不是反对下流，那没有必要。当喜剧真正富有机智的时候，我们都喜欢它的下流，有时它确实如此。但是威彻利[①]的问题和莎士比亚的问题不是一个层面上的。王政复辟时期的喜剧是社会风俗喜剧。它是以社会存在，因而也是以社会和道德法则为先决条件的。(它又受琼森的影响极大，但是基本上没受到莎士比亚的影响——不管怎样，莎士比亚太伟大了，以至于不能产生很大影响。）它嘲笑那些违反其法则的社会成员。莎士比亚的悲剧探讨得要更加深刻，不过，它只告诉我们性格的弱点会酿成灾难。在高乃依和索福克勒斯的背后就没有你们所看到的社会秩序背景。

丙 为什么应该有社会秩序背景？从这一点你无法去推断莎士比亚不如索福克勒斯和高乃依。

乙 是的，是不能。我所知道的一切就是缺少某种东西。我感到不满和惶惑不安。我认为也会有其他人和我有同感。就我所能把莎士比亚与别人所作的区分而言，我还是喜欢他，不喜欢任何时代的其他剧作家。但是，我完全做不到这一点，并且，我发现，莎士比亚时代的潮流是稳定地向无政府状态和混乱发展，不过，当然有退潮。

丙 但是那与这个问题没有任何关系。

乙 可能没有吧。

戊 当然戏剧性诗人由于处在特定的时间和地点，与他自己的背景没有关系。他没有任何办法。他的职责是观众。伊丽

① William Wycherley（1640—1716），英国剧作家。

莎白时代的戏剧，或者干脆就说莎士比亚吧，从艺术方面说，可以为自己的背景辩护。但是，对我来说，确实是由于缺乏道德和社会规范及艺术常规阻碍了今天诗剧的发展。萧伯纳是我们时代最伟大的戏剧道德家，他的规范却是反面的：它们包括了他不相信的所有事务。但是，在这一点上，萧伯纳也是没有办法的。

甲　这种道德化的审查不会给我们留下任何东西。你是要说你很不幸，读了莎士比亚的作品，并且看到他的作品搬上舞台？

乙　不是。

甲　你能坚持对此无动于衷吗？

乙　不是。

甲　很好。我还听说过你抱怨瓦格纳“居心险恶”。但是，你也不会心甘情愿地放弃体验瓦格纳的作品。他的作品似乎表明，所有的艺术都有道德教诲的世界的确是一个贫乏的世界。

乙　的确如此。我不会压制任何以艺术的标准衡量是好的东西。因为从中我们总是能学到某种东西。我不愿意看到莎士比亚有什么变化。但是，总的来说，这有点像生活。我愿意看到世界上有许多事物发生改变：不过，在一个没有恶的世界里，生活是没有意义的。

戊　嗨，你花了这么长时间只是把我们引到话题的开始？

乙　并非完全如此。我们永远也无法在审美批评和道德及社会批评之间划界线。我们不应把批评和形而上学截然分开；我们从文学批评开始，不管我们是多么严格的审美主义者，迟早都会越界，进入其他领域。我们所能做的就是，接受这些条件，在自己做事的时候，知道自己正在做的是什么。并且，从另一方面来说，我们一定知道怎样和什么时候原路返回。我们必须要非常灵活。我可以从对莎士比亚的道德批评开始，以审美批评结束，反之亦然。

戊　你所做的一切就是把讨论引入歧路。

丙　对伊丽莎白时代戏剧混乱这一轻率概括，我不敢苟同。实际上，这只会使当今的形势更加令人困惑。我们似乎都同意，现代世界是混乱的，我们都倾向于认为，它缺乏社会和道德规范使戏剧性诗人的任务——如果不是无法完成的话——更加困难。但是，如果说伊丽莎白时代和詹姆斯时期也是一个混乱时期，但是还能产生伟大的诗剧，那么，我们为什么不能？

乙　我不知道。

丙　你关于伊丽莎白时代戏剧的论述是需要证明的。无论如何，你都要做出证明，因为有太多东西比这个简单的衰败想法需要考虑。首先，在戏剧方面，一个国家有两个伟大的时期的先例还没有过。并且它的伟大时期总是很短，它之所以伟大，是由于有为数不多的伟大剧作家。任何种类的诗歌的伟大时期从来没有再现过。可能每个伟大的民族具有的实力都只能充当一个时期的文学霸主。

丁　如果丙不是转移话题，他马上就会把我们带进政治领域。

甲　所有这一切都是正确而且极其平常的，但是没有什么助益。谈到今天，历史的宿命论哲学无法阻止我们需要一种诗剧，并且相信一定有某种方法可以找到它。此外，对诗剧的渴望在人性中是经久不变的。关于这一点，我想己正等着攻击我们，让我们考虑经济因素；以及公众的状态；戏剧出品人、剧院花费；廉价影院的竞争，等等。我认为，如果你需要一种东西，你就能得到它，先把经济因素放在一边。

己　你得到它的方式是谈论它。

甲　我喜欢谈论事情；它有助于我思考。

丙　我同意甲的观点，不管他是否想到这一点。这次关于各个时期艺术的谈话的所有内容都是有趣的，并且当我们专注于过去时，有时会有用处。但是，当我们开始把现在和未来联系起来时，就会没用。下面，让我们以讨论当代戏剧失败的几种方式开始吧！有的剧本是由不懂戏剧的诗人写的：这种剧已经遭到了太多的谩骂，有的剧本的作者懂得戏剧，但是不是诗人。关于这两个极端，我只能说，经验证明，它们当中的任何一个都和我们现在谈的话题不相关。

甲　但是，我们现在谈的话题是什么？

丙　诗剧的可能性。

庚　你们似乎覆盖了当代戏剧讨论的所有领域，除了戈登·克雷格①、赖恩哈特②、巴里·杰克逊爵士③、老维克剧院④、尤金·奥尼尔、皮兰德娄和托勒尔⑤这些人。在此，我们探讨的不是生产的方法——它不包括这些名字中的前四个。而

---

① Edward Gordon Craig（1872—1966），英国演员、舞台剧导演、戏剧理论家，他在意大利佛罗伦萨创办了一所戏剧学校。

② Max Reinhardt（1873—1943），奥地利戏剧导演，后移居美国。他创立了一年一度的萨尔茨堡戏剧节。

③ Sir Barry Jackson（1879—1961），英国戏剧导演，创建了伯明翰定目剧院。

④ The Old Vic，伦敦南城一家剧院，位于泰晤士河南岸，建于 1818 年，1833 年该剧院命名为“维多利亚”，“维克”是“维多利亚”的缩写。1912 年，莉莲·巴利斯（Lilian Baylis，1874—1937）女士任该院经理，以演莎剧著称。1963 年，老维克剧团正式成为英国国家剧团。

⑤ Ernst Toller（1893—1939），德国戏剧家、诗人、政治活动家。

是生产出某种东西来上演。我只能提出一个建议，但是它会是唯一切实可行的建议。我们应该租一个空房子或者工作室，生产我们自己的戏剧，甚至哪怕是戏剧中的几场，由我们自己也只为我们自己创作，不许朋友介入。至少，通过实践我们可以了解到，首先，我们是否有什么共同之处，其次，什么形式的诗体是可行的。我们必须要找到一种新的韵文形式，它将是令人满意的载体，正如素体诗令伊丽莎白时代的人满意那样。

己 我知道将会发生什么事情了。为了支付花费，我们将会开始卖票，为了满足观众需求，我们将从国外引进戏剧，并且我们的结局将会是一个绝对老套的超越民族界线的小剧场或者星期日社团表演。

乙 更可能的是什么事都做不成。我们全都很忙；我们不得不以其他方式谋生。我们是否有足够的兴趣甚至都是值得怀疑的。除非我们认为有需求，否则我们就不能创作戏剧，并且，直到我们创作戏剧时，才会有需求。在接下来的半年时间里，我们每个人都有许多事要做。我们都知道，这对自己来说要比在一个马厩似的剧院里蹦来蹦去重要。

丙 这次谈话使我想到一例子。我们以谈德莱顿开始，然后就泛泛地谈了诗剧；但是德莱顿认为值得谈论的话题，我们却一个也没有谈。我们提到的所有话题可能都是德莱顿从来没有考虑过的。

乙 当一门艺术活着的时候，讨论它的规则是一回事，而当它死去的时候，则是另外一回事。在有了当代的习惯做法之后，批评家就必须要从那一点开始，并且他所有的批评都必须回到那一点上去。要注意，德莱顿是多么自信！甚至就连他那个时代的戏剧与伊丽莎白时代的戏剧之间的差异，当大叛乱[1]的混乱还没有被控制住的时候，这些差异对他来说似乎还不如对我们来说重要。他承认，他所处的时代，在我们发现差的那些方面不如从前的时代。不过，他认为他那一代人——实际上，他一定有理由感到自豪地认为是他自己——对较早时期的戏剧在很多方面进行了改进和完善。他是十分正确的：他的戏剧和伊丽莎白时代的戏剧的关系，应该像他所看待的那样来看待；差别并不像人们通常认为的那样大；并且法国的影响也比人们认为的要小得多。但是，他所探讨的那些问题还没有过时。

戊　例如，地点和时间的统一。德莱顿给他剧中的时间和地点提供了最正确的和最具判断力的观点。但是，至少对我来说，这些统一具有永久的魅力。我认为，对未来的戏剧来说，它们会被发现是非常可取的。首先，我们需要更多紧凑的作品。现在所有的剧都太长。我从来不看剧，因为我不愿晚饭吃得匆匆忙忙，并且我也不愿意晚饭吃得很早。我们所需要的是一个半小时持续的集中兴趣；没有中间休息，没有巧克力贩子或者不体面的托盘。这些统一就像诗的节奏那样确实有利于产生强烈的情感。

甲　你认为，在更短的时间内，我们要想从剧院中获得敏感的同时代人可以从莎士比亚的悲剧或者德莱顿的悲剧中所能得到的同样的愉悦，就需要更强烈的刺激。

戊　让我们借此机会再饮一杯波尔图酒，纪念约翰·德莱顿吧。

杜维平　译

---

① Great Rebellion，亦称英国内战，即 1642 年到 1651 年之间发生在议会派和保王党之间的战争。

欧里庇得斯和默里教授

几年前，西比尔·桑代克小姐在霍尔本帝国剧院出演美狄亚，这一事件值得关注。它与三个极其重要的话题相关：戏剧、古希腊文学在今天的地位以及典籍今译质量的重要性。我看的那场演出的确非常成功；观众多，注意力集中，掌声经久不息。成功是否由于剧作家欧里庇得斯的创作我们不得而知；是否由于默里教授的翻译尚未得到证实；不过，在很大程度上，成功是由于桑代克小姐的精彩表演，这是毋庸置疑的。凭借扮演一个既要求表现出极端暴戾又要求表现出克制的角色占据舞台中央两个小时，这一角色要求纯粹的力度和细腻的情感变化；在几乎没有配角的情况下，能够恰如其分地饰演具有如此难度的角色；这是真正的成功。从一个较远的席位上看，观众神情严肃，充满敬意，并且认为自己看一出古希腊剧很值得。不过，桑代克小姐的表演可能会吸引住几乎所有观众的眼球。它运用了现代戏剧的所有惯用技巧和表演方法；然而，她的气质不但盖过了默里教授的韵文译作，而且还盖过了她自己的表演能力。

不过，这部产品究竟是不是一件“艺术品”仍有待商榷。其他角色的表演略嫌拘谨。奶娘还是相当不错的，属于干瘪老太婆那种类型；伊阿宋这个角色演得不好；信使对不得不表演如此冗长的一段演说感觉不舒服；优雅的达尔克罗兹歌队甜美的声音使他们唱出的诗虽令人愉悦，却无法听清。所有这一切都增添了一种高雅效果，它令人感觉十分压抑。我们可以想象一下雅典的那些演员，他们的吐字要清晰得能够让两万名观众对诗行进行格律方面的评价，如果他们像这个合唱团的大多数人那样发音如此含混不清，肯定会受到无花果和橄榄的攻击。但是，古希腊的演员说他自己的语言，而我们的演员则被迫说吉尔伯特·默里教授的语言。

然而，我并不认为这样的演出对古希腊文学或者我们自己的文学复兴会起到多大作用，除非演出可以激起人们的欲望，译出更好的作品。我注意到，认真的观众，许多都像我那样，手里拿着默里教授价值十八便士的译本。他们可能没有意识到，桑代克小姐为了获得最大的成功，的确同默里教授翻译过来的韵文进行了一场较量。凭借把我们的注意力吸引到她的表演和音色上，让我们忘掉她的台词，她取得了胜利。当然，这不是演古希腊戏剧的最佳方式。英语和希腊语两种语言仍然没有改变。但是，几乎没有人认识到，希腊语言、拉丁语言，我们也可以由此类推，甚至英语语言在我们这一代人身上正经历着一个关键时期。从十九世纪后半叶到现在，古希腊罗马时期的经典著作失去了如圣公会那样至今仍然作为社会和政治体系栋梁的地位。如果它们想存活下来，为自己作为文学、作为欧洲思想的要素、作为我们希望创造出来的文学的基础辩护，它们亟需找到能够为自己辩护的人。我们需要某个人——不是罗马教会会员，并且可能最好也不是圣公会会员——来解释这个问题是多么至关重要，如果可以说，亚里士多德一直是欧洲的道德向导，我们该不该把他丢掉。并且，我们需要许多有教养的诗人，他们至少对古希腊戏剧以及它是否会对我们有用有些想法。必须指出，吉尔伯特·默里教授并不能胜任。如果希腊诗歌只能以冒充明显属于斯温伯恩自创的语汇那种粗俗和自降身价的形式出现，那么，它就永远也不会对英语诗歌产生丝毫积极影响。这些用来反对他那个时代最受欢迎的古希腊语研究者的措词有点过激；但是我们在死之前必须向默里教授证明，这些事情只能如此。

这一点的确是极其重要的。在希腊语需要一个单词的地方，在英语语言也能提供一个对应的单词的时候，当代最惹人注目的希腊语传播者竟然习惯性地用两个单词来译；他竟然用“*grey* shadow”（灰暗的阴影）来译“σκιάν”；他竟然稀释希腊语的凝练以适合威廉·莫里斯的松散框架，并且把古希腊抒情诗弄得模糊不清，以适合斯温伯恩流畅的朦胧文体；这些不是极其无关紧要的错误。默里先生把美狄亚的第一段重要的台词译成：

> Women of Corinth, I am come to show
> My face, lest ye despise me ....
> 科林斯的妇女，我来露
> 面，免得受你们的鄙视……

我们会发现，希腊文用的是“ἐξῆλθον δόμον”。因此，“show my face”就成了默里先生的礼物。[①]

① 此处的“gift”似乎有反讽涵义，艾略特可能暗示 Greek gift 这个成语，即成心害人的礼物。

This thing undreamed of, sudden from on high,
Hath sapped my soul: I dazzle where I stand,
The cup of all life shattered in my hand . . .

这件做梦也想不到的事突然从天而降，
耗尽了我的精力：我令周围的人赞叹不已，
生命之杯在我手中破碎……

同上面的例子一样，我们发现希腊语原文写的是：

ἐμοὶ δ' ἀελπτον πρᾶγμα προσπεσὸν τόδε
ψυχην διέφθαρκ' • ὄχομαι δέ καὶ βίου
χάριν μεθεῖσα κατθανεῖν χρηζω, φίλαι.

所以，这里是两个默里先生送给我们的令人惊讶的短语，是他耗尽了我们的精力，打碎了欧里庇得斯的生命之杯。这些只是随便举出的例子。

οὐκ ἔστιν ἄλλη φρην μιαιφονωτέρα

变成了“No bloodier spirit between heaven and hell”（在天堂和地狱之间找不到更残忍的精灵）。想必我们一定知道默里教授认识“海伦修女”吧？默里教授只不过是在欧里庇得斯和我们之间设置了一道比希腊语更加难以逾越的障碍。据说他喜欢欧里庇得斯，不喜欢埃斯库罗斯，我们对此不责怪他。但是，如果是这样，他至少应该对欧里庇得斯做出正确评价。一个对古希腊韵体诗的音韵怀有真正情感的人竟然会故意选用威廉·莫里斯的双行体，斯温伯恩的抒情诗的形式作为恰切的翻译，这是不可思议的。

作为一个诗人，默里先生只不过是前拉斐尔运动的一个非常无足轻重的追随者而已。作为一个古希腊文化研究者，他却处在前沿，并且是当代一个非常重要的人物。在某种意义上可以说，这时代始于泰勒[①]和几个德国人类学家；从那时起，我们就学到了社会学和社会心理学，我们看到了里博[②]和雅内[③]的诊所。我们读到了来自维也纳的书籍，并且听到了柏格森的一段演讲；一门哲学在剑桥兴起了；社会解放慢慢地传到了国外；当然，我们的历史知识增加了；对古希腊罗马经典和过去常称作“圣经”的典藉有了奇怪的弗洛伊德的—社会的—神秘主义的—理性主义的—更高级的—批评阐释，我并不否认科学家在他们自己的领域里所做的所有工作的巨大价值，以及这些工作在细节和影响方面的巨大益处。但是，当哈里森小姐、康福德先生或者库克先生探寻古希腊神话和仪式起源的时候，几乎没有什么书比他们的书更加引人入胜；涂尔干先生和莱维-布吕尔[④]先生是受人喜爱的作家。前者的贡献在于社会意识方面，后者则研究博罗罗印第安人，这些印第安人使自己相信，他们就是长尾小鹦鹉。许多科学涌现出来，宛如繁茂的热带植物。这无疑会令我们羡慕，而花园也就自然而然地逐渐像丛林一样。

---

① Sir Edward Burnett Tylor （1832—1917），英国人类学家、文化人类学创始人。重要著作有《原始文化》等。
② Théodule-Armand Ribot （1839—1916），法国心理学家，著有《记忆的疾病》等。
③ Pierre Janet （1859—1947），法国心理学家、神经病学家。
④ Lucien Lévy-Bruhl （1857—1939），法国哲学家，著有《原始社会的心理作用》等。

像泰勒、罗伯特森·史密斯[①]和威廉·冯特[②]这些早期给土壤施肥的人，他们几乎会认不出地里长出的植物；的确，可怜的冯特的《民族心理学》在被译介之前是一片发霉的废墟。

所有这些事件在它们所处的时期都是有用的、重要的。并且，它们明显地影响着我们对古希腊罗马经典著作的态度；默里教授——简·哈里森小姐的朋友和启发者——他所代表的正是这一时期的经典研究。希腊文化今天不再是曾经令温克尔曼[③]、歌德和叔本华肃然起敬的贝尔维迪尔宫，瓦尔特·佩特[④]和奥斯卡·王尔德给我们提供的这些再创作的形象稍嫌成色不足。并且，我们更加了解到，希腊文明的条件和我们的相比是多么不同，而不是像奥林匹斯山上的神那样高不可及。同时，齐默恩[⑤]已经告诉我们，希腊人是如何处理类似问题的。顺便提一句，我们并不认为好的英语散文文体应该效仿西塞罗、塔西佗或者修昔底德。如果品达令我们感到厌烦，我们就该承认这一点；我们并不确切知道，萨福要比卡图卢斯伟大得多；我们对维吉尔各持己见；我们比我们的祖辈对佩特罗尼乌斯[⑥]的评价要高得多。

在我们试图通过好的翻译来抵制默里教授对古希腊罗马文学和英语语言的影响的时候，我们希望对他和他的朋友们为他

---

① Robertson Smith（1846—1894），英国神学学者，《大英百科全书》编纂者之一。
② Wilhelm Wundt（1832—1920），德国生理学家、心理学家，实验心理学奠基人。
③ Johann Winckelmann（1717—1768），德国考古学家、艺术史家，对当时古典艺术的普及起推动作用。
④ Walter Pater（1839—1894），英国批评家、散文家、唯美主义者，著有《希腊研究》等。
⑤ Alfred Eckhard Zimmern（1879—1957），英国古典学者、历史学家。
⑥ Petronius（? —66），古罗马作家，著有小说《萨蒂利孔》（*Satyricon*）。

们所做的事情表示感激。杜利特尔[1]译的欧里庇得斯剧作中歌队的台词，如果忽略一些错误和个别难懂段落没有译出，要比默里的更加接近希腊文和英文。但是，迄今为止，杜利特尔和“诗人译丛”的其他诗人所做的，只不过是拾起古希腊文学的一些比较浪漫的片段而已。他们当中还没有任何人能够证明自己有能力翻译《阿伽门农》。如果我们想要咽下的历史和科学知识这一难以消化的食物，我们就要做好准备，付出更大的努力。我们需要具有既能够吸收荷马又能够吸收福楼拜的消化能力。我们需要对文艺复兴时期的人文主义者和翻译家做认真的研究，就像庞德先生已经开始做的那样。我们需要有一种眼光能看出过去与现在的明确差异，同时又能看出过去是如此有活力，就像现在作为现在对我们来说那样。这是一种有创造力的眼光；而由于默里教授没有创造性的本能，他没有能够使欧里庇得斯获得再生。

杜维平　译

① Hilda Doolittle（1886—1961），别名H. D.，美国意象主义女诗人。

克里斯托弗·马洛

斯温伯恩对马洛的评价是“英国悲剧之父、英语素体诗的始创者，因而又是莎士比亚的老师和先导”。在这句话中存在着两个误导性的假定和两个误导性的结论。基德完全有权利和马洛同样享有第一项荣誉；对于第二项荣誉，萨里则比马洛更有资格享有；再者，莎士比亚并非仅仅师从其前辈和同时代人中的一个。相形之下，下述判断则更为可靠：虽然马洛本人并不是像基德那样伟大的剧作家，但他对后世戏剧产生了强有力的影响；他为素体诗引入了好些新调子，并且使之开始了日益远离韵体诗韵律的分离进程；同时，当莎士比亚在起初经常借用他的手法时，表现得要么不如马洛，要么不同于他。

对不同时期英语作诗法的比较研究，还是一大段未书写的历史空白。单单从事素体诗研究就可以得出一些奇怪的结论。我认为，它将表明在莎士比亚生活的时代素体诗更加高度发达，素体诗作为载体，传达出比此后任何时候更加多样、更加强烈的情感；在树立起弥尔顿代表隔阂封锁的“中国长城”之后，素体诗不仅受到了抑制，而且还出现了倒退。举例来说，在某些诗作中丁尼生俨然是颇精此道的大师，但他的素体诗比与莎士比亚同时代的数位作家的同类作品表现出更为原始的特点（并非技巧上的“更粗糙”或不够完美），更为原始的原因在于，他的素体诗在表达复杂微妙和令人惊讶的情感方面显得比较力不从心。

每位有素体诗传世的作家都创造出其独特的他人无法表达的诗歌语调；我们在谈论“影响”和“受惠”时，应该牢记这一点。莎士比亚的“多才多艺”，在于他具有比其他任何人更多的这样独特的语调；但这些语调都出自他一人；一个人就是一个人；可以同时存在六个莎士比亚，各显神通，互不侵犯；如果说莎士比亚已经把人类情感表达殆尽，言外之意是他几乎没有为任何其他人留下施展的余地，那是对艺术和艺术家的一个根本性的误解，即使在这一误解受到明确抵制的情况下，它也会导致我们对于去发现莎士比亚同时代人的诗歌的具体特质无法给予必要的重视。素体诗的发展可以比作那种令人惊叹的工业产品煤焦油的分解过程。马洛的诗行是其较早的衍生物之一，但是它拥有此后任何分解的或合成的素体诗中没有再现的特质。

马洛与莎士比亚时代的“风格瑕疵”，是对许多缺点的方便的统称，其中没有哪种缺点可以在所有作家身上找到。这很中肯，至少就马洛的“堆砌词藻”不同于或在个性特征上区别于莎士比亚的堆砌词藻这一点来说是这样的；马洛的堆砌词藻在于极其简单的吹胡子瞪眼式的装腔作势的语言，而莎士比亚的堆砌词藻则更确切地说是一种个人风格的瑕疵，它是对艺术形象进行独创性、违反常情的歪曲，不是全神贯注于想象，而是消解想象。莎士比亚的这一风格瑕疵，究其原因，可能是某些影响所致，而马洛却丝毫未受到这类影响。另外，我们发现马洛诗文中的瑕疵在他的努力下逐渐减弱，甚至更为令人不可思议地转化成一种优点。同时我们注意到这位文思泉涌的诗人意识到自己的作品有许多最精彩的片段（其中也有一两个来自他人），他把这些片段珍藏起来，不止一次地复制它们，在这个过程中几乎总是使之不断完善。

上述复制版本的一些，值得我们引起注意，因为它们表明马洛是有准备有意识从事创作的，这一点，某种程度上与人们通常的看法正好相反。约·麦·罗伯逊先生发现了一个马洛从斯宾塞那里剽窃的有趣现象。请看斯宾塞（《仙后》第一卷，第七章，第三十二首）：

正如高耸入云的杏树
在绿色的塞里尼斯之巅遗世而独立，
勇敢的花朵为它带来优美的点缀；
天空中每阵微风掠过，
它的秀发会向众人挥动致意。

再看马洛（《帖木儿大帝》第二部，第四幕，第四场）：

正如高耸入云的杏树
屹立于四季常青的塞林努斯
巍峨的天山之巅，
比埃瑞西那的眉毛还要洁白的繁花
将它打扮得优雅大方，天空每阵微风掠过，
它纤弱的花朵便向众人挥动致意。

其有趣之处，不仅仅在于表明马洛的才华，与绝大部分诗人一样，部分是化合的产物，而且也在于它似乎为《帖木儿大帝》中的一些独特的“抒情”效果的成因提供了一条线索，如此效果在马洛的其他剧本中是找不到的，同样我认为，这种效果也不会在任何别的地方找到。例如在第二部第二幕第四场中对齐诺克拉蒂的赞美之词：

此时天使们在天堂的分界线上游弋，
充当传信的哨兵通知与天地齐寿的诸神
准备好款待超凡脱俗的齐诺克拉蒂。

这不是斯宾塞的韵律模式，但是一定有斯宾塞的影响在起作用。在马洛之前不存在伟大的素体诗，但是这位时代接近的前辈音律大师的强大影响是存在的；二者的结合产生了后人所无法企及的效果。在我看来，皮尔在这里没有发挥任何影响。

引自斯宾塞的片段还有更令人感兴趣之处。我们可以看到第四行：

比埃瑞西那的眉毛还要洁白的繁花，

是马洛自己的独创。把它与马洛的以下诗行相比较：

在我爱人的凝视中，一切都在她的眉影下黯然失色

（《帖木儿大帝》）

如同金字塔的影子

（《帖木儿大帝》）

最后同时也是最好的版本：

她们快活的眉目使更多的美黯然失色
胜过爱情女神雪白的酥胸

（《浮士德博士的悲剧》）

把它们全部与斯宾塞再次进行比较（《仙后》）：

在她的眼帘上不尽的优雅驻留
在她舒展的秀眉下的阴影里

据罗伯逊所说，这一片段曾经被斯宾塞在另外三个地方使用过。

这种简约的文字在马洛的笔下频繁出现。有《帖木儿大帝》中简约表现为千篇一律，特别是毫不费力地使用响亮的名字（例如“里海”和“里海的”反复出现，从而得到相同的声音效果）。马洛的这种做法有弥尔顿步其后尘，但却是马洛自己实现了超越。另外，

齐诺克拉蒂，比朱庇特的爱人还要可爱，
比银光闪闪的罗多彼山脉还要光彩照人，

与之后的两行诗有异曲同工之妙：

齐诺克拉蒂，人世间最可爱的女子，
美丽胜过名贵的珍珠和宝石。

马洛成功地改造了下面一行诗：

黑色的飘带长空飞舞

（《帖木儿大帝》）

从而使之变成：

看啊，看啊，基督的血横空奔流！

（《浮士德博士的悲剧》）

《帖木儿大帝》具有两大诗篇成就：马洛把斯宾塞的音律运用于素体诗，同时通过加强句间停顿，相对削弱行间停顿，获得全新的动力。这种快节奏的长句，迅速从一行进入另一行，如著名的独白“自然由四大元素构成”和“我的苦难说道，那么，什么是美呢？”标志着素体诗从押韵的双行体和萨里的挽歌抑或牧歌的曲调中解脱出来，丁尼生则在后来实现了向挽歌或牧歌曲调的回归。如果将这两段独白与马洛同时代的最伟大的诗人基德的诗篇相对照——基德绝不是可鄙的拙劣诗人——则会看到革新的重要性：

那个请求避难者，被赶了出来，
于萨瑟克遭暗杀，当时他正前往
格林尼治，那是护国公长眠之处。
布莱克·威尔于弗拉兴被当众火焚；
格林于肯特郡的奥斯布里奇被处以绞刑……[1]

实际上并不逊色于：

① 引自《法弗舍姆的阿尔丁》，艾略特认为这部作品应归于基德名下。

于是四人一同居住
在同一屋檐之下；随着岁月
推移，玛丽另择新偶；
但朵拉终身未婚。

（丁尼生《朵拉》）

在《浮士德》中马洛更进一步：在最后的独白中，他以支离的诗行增进表达强度；他还在浮士德与魔鬼的对话中开发出一种全新而且重要的谈话语调。《爱德华二世》向来为人们所看重：在这里我更希望对两部剧发表简短的评论，一部一直受到误解，另一部则评价过低。它们就是《马耳他岛的犹太人》和《迦太基女王狄多》。关于第一部，人们一直认为，结局部分，甚至最后两幕都包括在内，明显不如前三幕写得好。如果我们不把《马耳他岛的犹太人》看作悲剧，抑或“血腥悲剧”，而是当作闹剧来看待的话，那么结局一幕就会变得可以理解了；并且如果我们在注意其诗法并且仔细聆听的话，会发现马洛开发出一种适合于这部闹剧的调子，而且也许这个调子就是他最强劲最成熟的调子。我称之为闹剧，但是由于我们时代幽默文学的衰弱，这个词是很不恰当的；它是古英语幽默文学中的闹剧，这是极为严肃的，甚至残忍的喜剧幽默，这种幽默在狄更斯的颓废天才文字里寿终正寝。它与詹·马·巴里、班斯法瑟[①]上尉抑或《笨拙周刊》毫不相类。它是那部很严肃的（但非常不同的）剧作《狐狸》式的幽默。

① Bruce Bairnsfather （1888—1959），英国连环漫画家，主要作品为描写军队生活的幽默漫画。

首先，你要不受任何情感影响：
同情心、爱、徒然的希望抑或无勇气的恐惧；
对一切无动于衷，让自己不存丝毫怜悯之心……
至于我自己，我在夜晚的时候四处走动，
杀死靠着墙根呻吟的病人，
有时我到处奔走向井水中投毒……

巴拉巴斯的临终之言为这幅巨大的讽刺画作添上了最后的一笔：

但现在最难熬的时刻开始了
用无法容忍的剧痛折磨我，
死吧，生命！飞吧，灵魂！舌头啊，骂个够，再死！

这是某种莎士比亚不会做，也不想做的事。

《狄多》看起来像是一部匆忙急就之作，也许就是依傍他面前的一本《埃涅阿斯纪》如法炮制而成的。但即使在这里也有进步之处。对洗劫特洛伊城的描述采用了马洛更为新颖的叙事风格，这一风格总是在适当的时刻在讽刺描述的边缘犹豫不前，以此捍卫它所要确立的重点目标：

因十年战争而疲惫不堪的希腊士兵，
开始叫喊，“让我们到自己的船上去，
特洛伊城是不能征服的，我们为何不离开这里？”……

正在这时，队伍已经到达了城墙，

并从一处缺口冲到了大街上。
在那里，与大军会合，“杀啊，杀啊！”他们呐喊着……

在他的身后，跟着密耳弥冬[①]们，
他们杀人的魔爪里握着大团的燃火之物……

最后，士兵们抓住脚跟拖着她，
使她在空荡荡的空气中摇摆哭嚎……

我们看见卡桑德拉[②]在街道上缓缓而行……

这不是维吉尔，也不是莎士比亚；这纯粹是马洛的风格。通过将整段台词与《理查三世》中克莱伦斯的梦境相比较，我们可以对马洛与莎士比亚之间的区别有所了解：

这个黑暗的君主国会为不老实的克莱伦斯
犯下的伪证罪给予怎样的惩罚？

另一方面来说，这是马洛的风格所办不到的；这样的措辞有一种堪称经典的简洁，无疑颇近但丁的风格。此外，正如经常发生在伊丽莎白时代剧作家身上的情形一样，马洛作品中除了有许多诗行被莎士比亚改造使用，还有些诗行也许是他们两个都可以写得出来的：

---

① Myrmidon，希腊传说中英雄阿喀琉斯凶猛而忠实的部下。
② Cassandra，希腊神话中特洛伊国王的女儿，能预卜吉凶。

如果你愿留下来，
跳入我的怀中，我的怀抱向你敞开；
如果不愿意，背向我，那么我也背向你；
因为尽管你忍心说再见，
我却无力将你留住。

但是如果马洛没有“在诅咒中死去”，他的诗的发展方向可能会与莎士比亚大相径庭，会朝着强烈、严肃，无疑又是伟大的诗歌方向发展，像某些伟大的绘画和雕塑一样，它通过某种不无讽刺意味的东西来达到效果。

吴学鲁　佟艳光　译

莎士比亚和塞内加的斯多葛主义*

这几年里，又闹起莎士比亚来了。先后出现了厌倦人世的莎士比亚——一位英印混血儿（根据利顿·斯特雷奇[①]先生的说法）；出现了救世主莎士比亚，他带来了新的哲理，和新的一套瑜伽哲学（根据米德尔顿·默里的说法）；出现了怒发冲冠的莎士比亚——俨然是横冲直撞的参孙（根据温德姆·刘易斯[②]先生在他那本怪有意思的著作《狮子与狐狸》中的说法）。一般而论，我们不妨一致同意，这种种创见对我们都很有益处。不管怎样，以莎士比亚那样重要，我们最好每过一段时间，就另换一种看法。老派的莎士比亚已过时了，代之以面目一新的形形色色的莎士比亚。谈到像莎士比亚这样一位伟大的人物，也许我们永远也谈不出真相来；既然我们永远也谈不出真相，那么不如每过一段时间便从这样儿的假相改换为那样儿的假相。真知灼见到头来会不会独占上风，可说不准；这样的事也从来没得到证明过。可以肯定的是，再没有像以一种新错误去扫除旧错误那样有效了。斯特雷奇、默里或是刘易斯，这几位先生跟赖默，或是摩根[③]、韦伯斯特[④]、约翰逊比起来，是否更接近于莎士比亚的真面目，可很难说。但是在今年（一九二七年），他们比柯勒律治，或是斯温伯恩、多顿[⑤]，确然更深得人心。如果说，他们并没有让我们看到真正的莎士比亚——假如确有莎士比亚其人的话[⑥]——那么他们至少提供了我们几个最时髦的莎士比亚。要证明莎士比亚的思想感情，并不跟一八一五年，或是一八六〇年，或是一八八〇年的人们的思想感情一模一样，假如唯一的办法是：证明他的思想感情跟我们一九二七年的人们的思想感情彼此相同，那么我们该怀着感激的心情，接受这些取而代之的学说。

可是，这些莎士比亚的新近的阐述者使人想起一连串关于文艺批评的问题和文艺批评的局限性来，想起一般的美学问题，和人类理解力的局限性来。

当然，对于莎士比亚，还有其他一些流行的看法。那就是：关于莎士比亚本人*自觉的见解*。这可称之为分门别类的看法。这样，他就不是变成了保守党的文人，就变成了自由党的文人，或是成了一个社会主义的文人。（尽管萧伯纳先生曾出过一些力，警告他的师兄师弟们别去跟莎士比亚拉关系，或是在他的作品中找出什么崇高的东西来。）此外，我们还有新教徒莎士比亚啊，怀疑主义者莎士比亚啊，在有些场合看来，还有英国天主教派莎士比亚啊，甚至是教皇派莎士比亚。我个人的浅薄意见是，莎士比亚在私生活中所持的意见，跟我们从他那极端富于变化的、发表了的作品中摘录下来的一段两段，有极大的出入。我以为，在他的作品中并没留下什么线索，叫我们知道他在上一届或下一届的选举中，要投谁一票。我以为，他

---

* 原译题为《莎士比亚和西奈卡的苦修主义》，考虑到与现在通行译法不一致，故作改动。——编注

① Lytton Strachey（1880—1932），英国文艺评论家。

② Wyndham Lewis（1882—1957），英国画家、作家。

③ Maurice Morgann（1726—1802），著有《论戏剧人物福斯塔夫》等。

④ 疑指 Augusta Webster（1837—1894），英国女诗人，著有《戏剧研究》。

⑤ Edward Dowden（1843—1913），著有《莎士比亚：他的思想和艺术》等。

⑥ 有些学者认为“莎士比亚”只是当时哲学家培根或贵族拉特兰伯爵（Roger Manners，5th Earl of Ruttand，1576—1612）等人的假名而已。

对于公祷书的修订本的态度如何，我们只能是一无所知。我只是个小小的诗人，我承认我个人的经验很可能会使我的看法有偏见。我从没料想到，热心但疏远的人士竟从我作品中看出，我一向具有一种宇宙的意义；人家还告诉我，我认真写下来的一些东西是“vers de société[①]”。人家给我写传记，拿我从别的一些书本上弄来的东西作为依据材料，或是拿我瞎写一气的东西（仅仅为了读起来很好听）作为根据材料；而对于我的确凭着个人经验而写下来的东西，我的传记却一概不加理会；因此，我不免认为，人们之误解了莎士比亚，只是程度更大，就像莎士比亚之相对地高出于我。

再讲一条个人的“意见”：以莎士比亚的伟大（作为诗人和戏剧家），我相信我对他的尊崇不在任何人之下；我确然深信，再没有像他这样的伟大了，我还要说，我所以敢于冒昧谈论起他来，唯一的资格是：我并不存在这种幻想，即以为莎士比亚在什么地方有一丁一点跟我相像——不管是跟实际上的我，或是跟想象中的我。照我看来，我所以要对斯特雷奇先生的莎士比亚，以及对默里先生的、刘易斯先生的莎士比亚提出质疑，主要的原因之一是由于他们各自所描绘的莎士比亚跟斯特雷奇先生、默里先生以及刘易斯先生本人太相像了。莎士比亚该是怎么一个样子，我没有一个清楚的概念。不过，在我的想象中，他既不像斯特雷奇先生，也不像默里先生、温德姆·刘易斯先生，或是像我本人。

我们曾经用各种各样的影响来说明莎士比亚。有人用蒙田，又有人用马基雅维里来说明他。我猜想，斯特雷奇先生会

① 法文，社会诗。

用蒙田来说明莎士比亚——不过此人仍然是斯特雷奇先生的蒙田（因为斯特雷奇先生所醉心的人物，都带有强烈的斯特雷奇的特征）而并非罗伯逊先生的蒙田。我认为，刘易斯先生在上述那本极有意思的著作中，做了一件真有价值的事，他叫我们注意到马基雅维里在伊丽莎白时代的英国的重要性——虽然这位马基雅维里只是《驳马基雅维里》[①]中的马基雅维里，一点也不是真正的马基雅维里。伊丽莎白时代的英国不能够理解这位人物，正像乔治时代的英国或任何时代的英国不能够理解他一样。不过我以为，假如刘易斯先生认为（他怎么想我可拿不准）：莎士比亚，以及一般而论，伊丽莎白时代的英国，是受了马基雅维里的思想的影响；那么他就大大的错了。我以为，莎士比亚和其他的戏剧家，只是借用通俗的马基雅维里的观念来编写剧本；但这个观念跟意大利人罗马基督教徒马基雅维里的观念并没有相同的地方，就像萧伯纳先生的观念中的尼采（不管那是个什么样东西），跟真正的尼采并不一样。

我要提出一个在塞内加的斯多葛主义影响下的莎士比亚来。不过我并不认为莎士比亚是受到塞内加的影响的。我之所以这样提出，主要是由于我认为，继蒙田的莎士比亚（不是说蒙田具有什么哲学）、继马基雅维里的莎士比亚之后，一个斯多葛主义的，或是塞内加的莎士比亚几乎是会必然地被提出来的。我只是希望在“塞内加的莎士比亚”出现之前，先来做一番消毒工作。这样一来，如果就此防止了他的出现，那么我的野心就算实现了。

---

① *Contre-Machiavel*，法国神学家让蒂耶（Innocent Gentillet，1535—1588）所著的攻击马基雅维里的著作，最早出版于 1576 年，原题为 *Discours sur les moyens de bien gouverner*。艾略特不同意该书对马基雅维里的解释。

我说塞内加可能给莎士比亚以影响，这个概念我要说得十分明确。我认为很有可能，莎士比亚在学校中念过塞内加的某几个悲剧。至于塞内加的那一批乏味透顶的散文著作（洛奇[1]把它翻译过来，在一六一二年出版），恐怕莎士比亚未必会略有所知。所谓莎士比亚受了塞内加的影响，乃是指他当初在学校中的背诵所留给他的记忆，指通过当时塞内加式的悲剧，通过基德和皮尔——但主要是基德的影响。说是莎士比亚十分认真地从塞内加那儿取得了“人生观”，似乎缺乏任何根据。

不过，在莎士比亚的那些伟大的悲剧里，其中有几部却具有一种新的姿态。那并不是塞内加的姿态，但却是从塞内加那儿得来的。这跟在法国的悲剧——在高乃依或是拉辛的悲剧中所能找出的任何例子多少有些不同。它是现代的，它上升到顶点（假使它有个顶点的话）就成了尼采的姿态。我不能够说，那就是莎士比亚的“哲学”。可是有许多人就拿它作为生活信条；尽管在莎士比亚说来，也许他只是出之于天性地认识到那是值得利用的戏剧素材。莎士比亚的某些主人公在悲剧性的紧张关头，就采取这种自我表演的姿态。在莎士比亚的剧本中，这并不是特殊的；在查普曼的作品中，是非常明显的——布西，克勒蒙，以及比隆[2]都是在这样的方式下死去的。马斯顿（在所有的伊丽莎白时代的文人中，他是最值得令人注意、而最少为人探究的一个）也采用这种方法。马斯顿和查普曼是格外来得塞内加化。当然，比起所有的人来，莎士比亚来这一套

① Thomas Lodge（1557—1625），英国诗人、剧作家和散文家。

② 布西是查普曼著名悲剧《布西·德·昂布阿》中的主人公；比隆是他的《查尔斯·比隆公爵的阴谋与悲剧》（*The Conspiracy and Tragedy of Charles, Duke of Biron*）的主人公。

格外的高明，他使这种自我表演的手法跟戏剧人物的人性，多少取得较大的一致性。不是那样卖弄辞句，而具有更多的真实性。我总有这样的感觉：我从来不曾读到过有哪一段文字，能像《奥赛罗》最后一段伟大的说白那样，可怕地暴露了人类的弱点——人类的普遍的弱点。（我不知道别人是不是也有这种看法；很可能我这看法是极端主观、毫没来由的。）一般是从表面价值来看待这段说白，认为这段话表达了一种高超而又莽撞的天性在受到挫败后所显示的伟大气魄。①

> 慢些儿，大家先听我几句话，再走。
> 我也曾替公家立过一些功劳，
> 这，他们是知道的——不用去提它了。
> 我只求你们，呈报这一段不幸的案情，
> 在公文上实事求是地讲到我；
> 不必为我开脱，也不要故意糟蹋我。
> 这样，你们就得说：这个人
> 用情太深，却又不善于用情；
> 这个人不容易妒忌，可是一旦
> 起了疑心，就一发不可收拾；
> 这个人就像那愚蠢的印第安人，
> 把一颗珍珠随手扔了，想不到
> 它的价值胜过了他整个部落；
> 这个人平时不轻易掉一滴泪，

① 底下一段台词引自悲剧《奥赛罗》第 5 幕，第 2 场，第 338 至 358 行。奥赛罗说到最后一句“就这样一刀子宰下去——”时，举剑自刎。

可是一旦感情泛滥了，他的泪
就像那阿拉伯树的树胶一般
簌簌地流下来。把这些话记下来；
再添上这一句：有一次，在阿勒颇，
有一个恶狠狠、缠头巾的土耳其人，
正在殴打一个威尼斯人，
一边辱骂他的城邦；那时候，
我一把抓住这受割礼的狗子的喉头，
就这样一刀子宰下去——

照我的看法，奥赛罗说这一番话，是为了要“鼓起自己的劲头来”。他企图逃避现实，他不再想到苔丝德蒙娜了，他是在想他自个儿。在所有的美德中，最难做到的，莫过于“谦逊”了；要把自己往好里想，这颗心怎么也死不了。奥赛罗采取了一种美学上的、而并不是道义上的姿态，把自己戏剧化地衬托在他的环境里，这样就成功地把自己转变为一个令人感动的悲剧人物。他瞒过了观众，但首先是人性的动机瞒过了他自己。我不能相信，还有哪一个作家比莎士比亚更清晰地揭示了这种“包法利主义”①——偏要把事物看成另外一种事物的人类的意愿。

要是你把莎士比亚笔下的几个主人公的死亡——我并不说所有的主人公，对于莎士比亚的整个著作，你很难找出几条可以全都适用的总的原则来——特别可注意的是奥赛罗，科利奥

① Bovarysme，指福楼拜的小说《包法利夫人》中的女主人公爱玛总是把自己看作另外一种人。

兰纳斯，以及安东尼——跟像马斯顿、查普曼这样一些明显地受到塞内加的影响的剧作家，他们笔下的主人公的死亡比较一下，那你就会发现，彼此多么相似——不同的只在于莎士比亚写得更富于诗意、更栩栩如生。

你也许会说，莎士比亚只是有意或无意地描绘人性而已，跟塞内加无关。不过我所着眼的不在于塞内加给予莎士比亚的影响，而在于莎士比亚怎样说明了塞内加主义和斯多葛主义原则。舍尔教授最近指出了：查普曼的塞内加主义，在许多地方都是直接从伊拉斯谟[①]的著作或其他来源借来的。我着眼的是这样两个事实：在文学上，塞内加是罗马斯多葛主义的代表者；在伊丽莎白时代的戏剧中，罗马斯多葛主义是一个重要的构成部分。像在伊丽莎白治下那样一个时代，出现斯多葛主义是一件很自然的事。最初的斯多葛主义——尤其是罗马的斯多葛主义，自然是一种适用于奴隶的哲学，所以基督教很早就把它吸收到自己的教义中来。

一个人和宇宙合而为一
在他的主要支配下，一切都融洽无隙——[②]

一个人若是还有什么东西可以跟自己合而为一的话，他就不会去跟宇宙合而为一；生活在繁荣的希腊城邦里的人们，就有着可以跟自己合而为一的较好的东西；基督教也曾有过较好的东西。对于那生活在一个冷漠的、敌对的、过于空寂的世界上的

---

① Desiderius Erasmus （1469—1536），荷兰人文主义学者，曾在英国剑桥大学讲授希腊文。

② 见查普曼剧作《布西 · 德 · 昂布阿的复仇》第 4 幕，第 1 场，第 139 至 140 行。

人，斯多葛主义就是他的避难所。斯多葛主义构成了一个不变的基础，从这里产生了鼓舞自己的好些方式。尼采是现代鼓舞自己的最显著的例子。斯多葛主义的姿态恰巧跟基督教的谦逊处在相反的一方。

在伊丽莎白时代的英国，一切条件跟罗马帝国时代截然不同。但那是一个混乱瓦解的时期；在那样的时期里，任何一种心理姿态，只要似乎能让人有所依靠——哪怕只是这么一种姿态："我是孤零零的一个人"，人家也急于采取了。我几乎用不到指出——这已经超出本文的范围了——在像伊丽莎白这样一个时期，塞内加的自高自大的姿态，蒙田的怀疑派的姿态，马基雅维里的讽嘲的姿态[①]都在伊丽莎白时代的个人主义中得到了类似的融合。

这一种个人主义，这一种自高自大的恶习，给写进戏剧里面，当然主要由于它的戏剧性。但是在早先的剧本中，却并不依赖这种人类的弱点做题材。在《波里耶克特》[②]或是在《菲德拉》中你就找不到它。可是甚至哈姆雷特吧，给他闹得天翻地覆，至少有三条无辜的生命死在他手里，另外还加上两条比较无足轻重的生命；可是在临死的时候，却对自己相当满意[③]：

> 霍拉旭，我死了；
> 你还在；把我的为人和我的事业

① 我并非指马基雅维里的姿态而言，它并不带有讽嘲性。我是指听到过马基雅维里的英国人的姿态而言。——原注

② *Polyeucte*，法国作家高乃依（Pierre Corneille，1606—1684）所著悲剧。

③ 见《哈姆雷特》第 5 幕，第 2 场，第 349 至 356 行。

好好对那些不明真相的讲讲吧。

....

好霍拉旭啊，让事情这样不明不白，

我身后的名字要受多大的损害！

安东尼说："我依然是安东尼"[①]；而那位公爵夫人说："我依然是马尔菲公爵夫人"[②]；除非美狄亚[③]说过"我美狄亚是最了不起的"，他们两个会这么说吗？

我并不想叫人以为我提出：伊丽莎白时代的主人公和塞内加笔下的主人公是二合一的。在伊丽莎白时代的戏剧里，塞内加的影响要比在塞内加的戏剧里明显得多了。某某人的影响跟某某人本人是两回事。就由于这个道理，伊丽莎白时代的主人公比起塞内加笔下的主人公，更是个斯多葛主义者，具有更多的塞内加风格。塞内加追随希腊传统，希腊传统并不是斯多葛主义的；他发展了大家所熟知的主题，模仿伟大的文学范例；因此在他的悲剧里，人物的情感姿态和希腊人之间纵有着巨大的距离，也是隐而不显的；在文艺复兴时代的作品里，这一点就很显著了。伊丽莎白时代的主人公，莎士比亚的主人公，即使在伊丽莎白治下的英国，也不是千篇一律的。值得注意的一个例外是《浮士德》。马洛——虽然他不够成熟，在伊丽莎白时代的戏剧家中（哪怕包括莎士比亚和查普曼在内）要算他最具有思想的和哲学的头脑——能够创造出像帖木儿那样一个盛

① 见莎士比亚悲剧《安东尼与克莉奥佩特拉》第3幕，第5场，第92行。按，原文为"I am Antony yet"，艾略特误作"I am Antony still"。

② 见韦伯斯特悲剧《马尔菲公爵夫人》。

③ 塞内加的希腊悲剧《美狄亚》中的女主人公。

气凌人的主人公；而且他创造的主人公也能达到这样一个恐怖的程度，甚至连自高自大都不要了。埃利斯-弗莫尔小姐[①]在她最近论马洛的著作里，对《浮士德》的这一特点提得很好，她跟我不一样，是从另一角度来看问题的，不过我想借用她的话来支持自己的论点：

> 马洛跟踪着《浮士德》，比起同时代的人来，更其超出那有生和死亡的界线。对莎士比亚来说，对韦伯斯特来说，死亡意味着生命的突然中断；他们的主人公死了，直到最后，都意识到他们的至少一部分的环境；受到这种意识的影响，甚至支持，保持了他们一生中的人格和性格……只有在马洛的《浮士德》里，这一切都给扔掉了。他深深地钻入了那一种和过去隔绝的性灵：它只想到完成它自身的毁灭。

可是马洛这个在同时代人中最具有思想性，最荒唐放浪的人（因此也许最是个基督徒），总是不同寻常的。莎士比亚的不同寻常，主要是由于他着实比人高出一头。

在所有的莎士比亚的戏剧中，大家总是把《李尔王》看作最富于塞内加的精神。坎利夫认为这个悲剧渗透了塞内加的宿命论。这儿我们又得把人和他发生的影响区别开来。希腊悲剧里的宿命论、塞内加悲剧里的宿命论，以及伊丽莎白时代的悲剧里的宿命论，这三者间有着程度上的微妙的差别。它们中间

① M. Ellis-Fermor（1894—1958），英国文学评论家，著有《克里斯托弗 · 马洛》等书。

存在着贯穿性，但是假使从远处看去的话，它们中间又有着强烈的对比。在塞内加的作品里，希腊人的伦理学从罗马人的斯多葛主义底下透露出来。在伊丽莎白时代的戏剧里，罗马人的斯多葛主义从文艺复兴时期的无政府主义底下透露出来。在《李尔王》里，有一些引起坎利夫教授注意的意味深长的词句，也有着塞内加的宿命论的调子：fatis agimur[①]。不过有的地方少得多，有的地方多得多。在这一点上，是我必须跟温德姆·刘易斯先生分手的地方。刘易斯先生所提出的莎士比亚是一个地道的虚无主义者，一股求取毁灭的理智的力量。照我看来，莎士比亚既不是一个道地的怀疑主义者，像蒙田那样，也不是一个道地的犬儒主义者，像马基雅维里那样，或是什么道地的听天由命者，像塞内加那样。我看他是为了戏剧效果运用所有这些东西。也许你可以在《哈姆雷特》里找到较多的蒙田的面貌；在《奥赛罗》里，较多的马基雅维里的面貌；在《李尔王》里，较多的塞内加的面貌。不过我不能同意下面这一段论述：

> 除了查普曼以外，莎士比亚是我们在伊丽莎白时代的戏剧家中碰到的唯一的思想家。不过当然，这句话的意思是：在他的作品中除了包含着诗歌、幻想、修辞或是对世态的观察外；还有这么一部分表现着清晰的理智活动的过程，而在这方面可以提供像蒙田那样的道德哲学家作为写文章的资料。但是这种思想——叫人惊奇的是在他那炉火纯青的艺术的描绘中自然而然地涌现了他的思想——以这

① 拉丁文，（吾人）受支配于命运。

种思想的性质而言，作者有时候必然具有一股可惊的力量。即使他的思想并不是系统化的，至少可以让人辨认出它的面貌来。

我要辩驳的就是那对于“思想”的一般概念。困难在于一个词必须作好几种解释。我们笼统地说：莎士比亚、但丁，或是卢克莱修是思考的诗人，斯温伯恩是个不思考的诗人，甚至丁尼生也是一个不思考的诗人。但其实我们要说的并不是思想的性质上的差别，而是感情的性质上的差别。所谓“思考”的诗人，只是说他能够表达跟思想等值的感情。但他未必对于思想本身感兴趣。我们总是那么说，思想是清晰的，感情是朦胧的。其实既有精确的感情，也有朦胧的感情。要表达精确的感情，就像要表达精确的思想那样，需要有高度的理智力。可是说到“思想”这个词，在我的心目中是另一回事，跟在莎士比亚中所能找到的任何东西不一样。刘易斯先生，和其他拥护莎士比亚是个伟大的哲学家的人，都津津乐道莎士比亚的思考力。可是他们并没有能剖示他的思想的目的性；并没说出他对于人生可有一贯的看法，或是他宣扬了应该采取什么样步骤。刘易斯先生说：“我们掌握大量的例证足以说明莎士比亚对于武功和行军作战有怎样的看法。”我们当真掌握了吗？或者不如问，莎士比亚当真有过任何思考没有？他一心贯注在怎样把人类的活动变做诗歌上。

我想说，莎士比亚的戏剧没有一部是具有“意义”的——虽然要是说，莎士比亚的戏剧是毫无意义的，那就同样的不是真话。一切伟大的诗歌对于人生的看法都给人以一种幻觉。一旦我们进入了荷马，或者索福克勒斯，或者维吉尔，或者但丁，或者莎士比亚的世界中，我们不由得认为：我们正在领会一些可以由理智来表达的东西；这是由于每一种精确的感觉都通向理智的方程式。

我们容易为但丁的例子所蒙蔽。我们想：这里是一部代表着严密的思想体系的诗篇；而但丁是有他一套“哲学”的，因此，凡是像但丁那样伟大的诗人也都有他的一套哲学。在但丁的背后，是圣托马斯的思想体系，他的诗篇跟这一思想体系是逐条逐点相印证的。所以在莎士比亚背后有塞内加，或是蒙田，或是马基雅维里；如果他的作品并不能逐条逐点的跟这些人物的哪一篇著作相印证，那么必然是他自个儿的思想在这里悄悄地活动了一下，比那些人在干他们自个儿的活的过程中更出色。我看不出有什么理由可以认为：不管但丁或是莎士比亚，他们有过自己的思考活动。认为莎士比亚是在思考的，那样的人往往自己并不写诗，而是从事于思考工作的；我们都喜欢伟大的人物跟我们自己一样。莎士比亚和但丁这二人间的不同之处是，但丁有一套系统的思想体系在他的作品背后；但那只是他个人的碰巧儿罢了，从诗的角度来看，那是一件不相干的偶然事件。恰好在但丁那个时期里，“思想”是有条理、是强有力、是美丽的，而它又集中在一个最伟大的天才的身上；在但丁的诗篇背后有个靠山（从一种意义上说，是不配有的），那是这么一回事：隐藏在诗篇背后的思想是另一个就跟但丁本人同样伟大、可爱的人的思想——圣托马斯。在莎士比亚背后的思想却是远不及莎士比亚本人的那些人的思想。因此产生了两个或此或彼的错误——第一个，既然莎士比亚跟但丁是同样伟大的诗人，那他必然出于自己的思想，补充了蒙田、马基雅维里，或是塞内加等人的思想之不足，使之可以与圣托马斯的思想，质量相当。第二，认为莎士比亚低但丁一等。其实，莎士比亚也罢，但丁也罢，都不曾真正思考过——思考不是他们的本份；那种思想在他们当时所具有的相对的流通价值，和他们不得不使用的作为表达感情的媒介，都是无关宏旨的。但丁并不因此就成为一个更伟大的诗人；或者说，我们可以从但丁那儿，比从莎士比亚那儿多得到一些东西。的确，我们可以从阿奎那那儿比从塞内加那儿多学到一些东西，不过这是另一回事。但丁说：

> 在神的意旨中存在着我们的宁静。①

这是伟大的诗句，在这诗句背后有着伟大的哲学。莎士比亚说道：

> 我们人在天神的手掌里，就像顽童捉住了苍蝇，
> 伤害一条命，只是为了好玩儿。②

这是同样地伟大的诗句，虽然诗句背后的哲学并不伟大。主要的是，它们各自用完美的语言表达了人类的某种永恒的冲动。从情绪上说，莎士比亚的诗句同样强烈、同样真实、同样具有启发性——在诗歌是有用和有益的理解上，同样有用，同样有益，不输于但丁的诗句。

每一个诗人是从他自己的感情出发的。如果我们探究到这

---

① 见《神曲·天堂篇》第 3 歌，第 85 行。
② 见《李尔王》第 4 幕，第 1 场，第 36 行。

一点，那么在莎士比亚和但丁之间实在没有什么好挑剔的。但丁的谩骂，他个人的牢骚——有时候借《圣经·旧约》中先知的谴责略为掩盖一下——他的思乡病，他的不胜今昔之感——或者只是因为过去了才显得快乐——他把本人的动物的欲望变而为带有永恒性、圣洁性的东西的大胆意图——就像在《新生》中那样——都可以在莎士比亚的作品中一一较量一下。莎士比亚同样也投入一种挣扎（唯有这种挣扎才组成诗人的生命），要把他个人的和私下的痛苦转变为丰满的、奇异的，变为众生相的、非个人的东西。但丁对于佛罗伦萨或是皮斯托亚，以及别的什么对象所发泄的愤怒；莎士比亚的那一股深沉的普遍性的讥嘲和幻梦的破灭，都只是一种伟大的意图，要把个人的失败和失望转化而已。伟大的诗人在写他自个儿的时候，就是在写他的时代[①]。这样，但丁自己也不曾知道，他却变成了十三世纪的喉舌；莎士比亚决想不到自己竟成为十六世纪末、历史转变期的代表人物。可是你很难说，但丁相信或是不相信托马斯的哲学；你也很难说莎士比亚相信或是不相信文艺复兴时期的炒杂拌似的怀疑主义。如果莎士比亚依据比较像样的哲学来写作，他就会写出不像样的诗来；他的本分是表达他那个时代中的最浓烈的感情，不管依据的是当时的什么样的想法。诗歌并不像刘易斯先生或是默里先生有时所设想的那样，是哲学，或是神学，或是宗教的代用品。它有它自己的功能。不过这是感情上而非理智上的功能，所以不能用理智的语言来充分说明它。我们能说，它提供了“慰抚”——奇妙的慰抚；而像但丁和莎士比亚那样不同的作家，却同等地提供了这种

① 雷米·德·古尔蒙在谈到福楼拜的时候，差不多也说了这样的话。——原注

慰抚。

以上所说的，可以用哲学的语言说得更精确些，可是要长得多——它能进入哲学的部门，称作“信仰的理论”（那不是心理学，而是哲学，或是纯粹的现象学）。这一部门，迈农[1]和胡塞尔[2]已经做出了一些先驱的调查研究工作；在不同的头脑里，信仰（由于产生意义的活动的结果）产生了不同的意义。我疑心，一个伟大的诗人，作为诗人来说，单纯的信仰是否渗进过他的活动。那是说，但丁作为一个诗人，并不曾信仰或不信仰过托马斯的宇宙哲学，或是有关灵魂的哲理——但丁只是利用了这套学说；或者为了诗歌的创造，在他最初的感情冲动和一种理论间发生了一种融合。诗人写诗，玄学家谈玄学，蜜蜂酿蜜，蜘蛛结网，你很难说他们中间有哪一个怀着什么信仰，他们各行其是罢了。

信仰这问题十分复杂，也许就是没法解决的。我们必须承认：不仅在各司其职的人们中间——像哲学家和诗人间，在信仰的感情质量上有所差别；就是在不同的时期也是这样。在十六世纪末这一个时期，尤其不容易把诗歌和有体系的思想，或是和理性化的人生观联系起来。我作了几个只能说是一般化的研究，想知道什么是多恩的“思想”；结果我发觉，十分难以得出这样的结论，说是多恩有什么信仰。看来在那一个时期，似乎充满着打碎了的思想体系的残片；而像多恩那样一个诗人，他只是像鹊子那样，随意拣起那些把亮光闪进他眼里的各种观念的残片，嵌入自己的诗篇中罢了。拉姆齐小姐在她那研

① Alexius Meinong（1853—1920），奥地利心理学家及哲学家。
② Edmund Husserl（1859—1938），德国哲学家。

究多恩取材来源的渊博精深的著作里，得出这样一个结论：他是个“中世纪的思想家”；我可既找不到什么“中世纪主义”，也看不出什么思想，有的只是一大堆不相连贯的学识，从这里他汲取了纯粹的诗的效果。最近舍尔教授作了查普曼取材来源的研究，他的论文似乎显示出查普曼从事于同样的工作；教授还示意：查普曼的阴郁思想面的“深奥”和“晦涩”，多半由于从菲奇诺[1]这些作家那儿摘下了大段文章，而断章取义地融化在自己的诗篇里。

我一点也没有这样的意思想说：莎士比亚也采取了类似这样的办法。跟他的同时代人比，莎士比亚是个精致得多的转化工具，甚至比但丁更精致。另一方面，他又无需乎保持那么多的接触，就可以吸收到他需要的一切。塞内加的因素是最彻底地被吸收、被改变面貌，因为它已经弥漫在莎士比亚的整个世界中。马基雅维里的因素也许是最间接的，蒙田的因素是最直接的。有人说莎士比亚缺乏统一；我认为这句话同样很可以这么说：在统一的一面，主要归功于莎士比亚，当时的各种思想倾向，确然缺乏统一；而他在可能的范围内做到了可以统一的地步。在莎士比亚作品中有的是统一，但并不是包罗万象；没有哪一个能做到包罗万象。莎士比亚跟他的同时代人圣女大德兰[2]不会有什么多大共同之处。塞内加、马基雅维里和蒙田的著作在当时所发生的一般的影响，尤其通过莎士比亚所发生的显著影响，在我看来，那是对一种自觉意识的影响（自觉意识是一种新玩意儿），使得莎剧中的主人公具有自觉的意识和自我表

① Marsilio Ficino（1433—1499），意大利哲学家，曾翻译柏拉图著作，介绍古希腊文学。

② St. Teresa（1515—1582），西班牙女圣徒。

演；哈姆雷特只是其中之一罢了。看来，这标志了人类历史上的一个阶段（哪怕这不是十分可爱的阶段），也许是进步、也许是堕落、也许是转变。当时的罗马斯多葛主义是一种自觉意识的发展；后来为基督教所吸收，到文艺复兴这一解体的时期，它又摆脱了束缚。依我看，尼采是晚近的变种，他所表现的姿态是颠倒过来的斯多葛主义；这么说是因为把自己跟宇宙合而为一，与把宇宙跟自己合而为一，这里实在没有多大差别。塞内加对于伊丽莎白时代戏剧的影响，就其正规的一面，已作了详尽的研究。到于词句和情景的假借和改编，塞内加的感性的贯串深入，探溯起来那就要困难多了。

方平　译

本·琼森

琼森的名望属于最致命的一类，假如人们把他作为一个伟大的诗人储存在记忆里。他的诗名世界公认，然而令人生厌的颂扬之声熄灭了人们拜读其大作的欲望，雪上加霜的是，就连他能唤起极少快感的优点也遭到非难，他的读者仅限于历史学家和研究古代文学的学者，这就是人们对他高度认可的背后所达成的最完美的共识。几代人以来，盛名之下的琼森在英国文学的资产负债表上以负债而并非资产的形式而存在。没有哪位批评家做到使他看起来令人愉快抑或是令人感兴趣。斯温伯恩关于琼森的著作既没有满足人们的好奇心，也没能启发人们的思维。在格里高利·史密斯先生为《文学家系列丛书》所著的批评研究中，为琼森留有一席之地，该书满足了读者的好奇心，提供了大量公允的评论，而且还提供了关于向来为人们所忽视的假面剧的宝贵素材，只有一样没有做到，那就是该书没能够重塑琼森在我们脑海里固有的形象。大概这要归咎于我们数代以来的诗人。不是因为诗歌的价值仅仅是其对活着的诗人创作方面的价值，而是因为欣赏与创作相似，真正意义的诗歌欣赏与激发联想，即诗人在欣赏他人诗作过程中所感受到的刺激，密切相关。很长时间以来，琼森没有提供任何创作方面的刺激，所以我们必须回顾一下诗人德莱顿。他不仅写下了我们流传至今的对琼森的批评论述，而且还向琼森学习过。

然而即使在今天，琼森仍然有着大放异彩的可能。我们不难看到导致他陷入如此尴尬局面的原因所在；在与马洛、韦伯斯特、多恩、鲍蒙特和弗莱彻而不是莎士比亚的比较之下，琼森成了盛名之下的牺牲品，而与其作品好坏无关。他和这些人一样是伟大的诗人，但他的诗是流于表面的诗。不经过仔细研究，人们是无法理解流于表面的诗的。因为要像琼森那样表现生活表面的内容，需要运用极其微妙的手法，而我们则必须动用同样微妙的心思才能够明白。莎士比亚以及次要的诗人，虽然更为令人费解，但是他们鼓励了刚入门的学生，或者满足了那些浅尝辄止的人；他们富有启发性，以一个短语、一个观点唤起人们的思绪；他们的诗作在提供思路的同时还提供细节。同样但丁甚至还给不懂意大利语的读者留下一些提示，在他的诗作中同一个短语比比皆是（tu se' ombra ed ombra vedi①）；但丁和莎士比亚的诗作中，思路和细节兼而有之。但是琼森诗玲珑剔透的外在形式只能折射出懒惰读者的昏庸；无意识与无意识之间没有共鸣；更不会有一阵阵难以名状的情感涌起。琼森最直接的吸引力是针对思想层面的；他的情感抒发是以全诗的思路来实现，而非单个诗句，但是并非许多人有能力自己去发现这种需苦苦追寻才可以领略到的美；因而琼森的不辞辛苦的读者群，向来由那些有着历史及稀奇古怪兴趣的人组成，而他们认为在寻觅历史及稀奇古怪的事物的同时，他们也发现了琼森诗的艺术价值。当我们说到琼森需要研究，我们所指的并不

① 意大利文， 你是个阴魂，你看到的也是个阴魂。出自但丁《神曲·炼狱篇》第21歌，第132行，朱维基译。

是去研究他的古典学识或者十七世纪的生活方式。我们指的是要用智慧浸润他的所有作品；我们指的是要欣赏琼森的诗，就必须深入到他的作品和个人气质的核心，一定要抛开时代偏见，把他当作当代人来看待。把他看作当代人，与其要殚精竭虑地把我们自己置身于十七世纪的伦敦，还不如把他置于我们今天的伦敦容易些。

人们普遍认为，琼森是一名不成功的悲剧作家；他之所以失败，是因为他只是讽刺喜剧天才，同时还因为他卖弄书卷学识导致了两部悲剧一败涂地。第二个理由指出了细节上的明显失误；第一个理由则说法太粗略无法让人接受；要是说他失败是因为他的天才不适合悲剧创作，那就等于什么都没告诉我们。琼森一部优秀的悲剧也没有写出来，但是我们不能明白为什么他不应该写一部好的出来。如果像《暴风雨》和《安静的女人》这两部迥然不同的作品都同属喜剧之列的话，悲剧的范畴当然也可以扩大到包括一些琼森可以有所作为的悲剧样式。虽然悲剧和喜剧的界定足以在比较呆板的戏剧文学形式和处理方式中加以区分，可以使阿里斯托芬区别于欧里庇得斯，但是这一界定对于伊丽莎白时代变化多端的戏剧来说却显得很不充分。对于基调迥异的戏剧如《麦克白》、《马耳他岛的犹太人》和《埃德蒙顿的巫婆》[1]来说，悲剧是一个很粗略的类别；同样，说《威尼斯商人》和《炼金术士》同属于喜剧，也不能使我们很清楚地看问题。琼森拥有自己的尺度和手法。《卡塔林》所具备的优点，恰恰就是在《狐狸》中以更加成功的姿态展现

① *The Witch of Edmonton*，英国詹姆斯时代戏剧，罗利（William Rowley，1585—1642）、德克和福特三人合作。

在观众面前的优点；《卡塔林》的失败，不是因为作者用力过勤或者创作意识过于强烈，而是因为创作意识不够强烈；因为在这部剧中，琼森没有注意保持自己的语言风格，而且对自己的创作个性会把作品引向何方也不是很清楚。在《卡塔林》中，琼森实际上或者试图与传统保持一致；这里的传统不是指古代的传统——这个他掌握得很巧妙——而是指在他的时代历史悲剧的创作传统。导致《卡塔林》失败的不是琼森在拉丁语上的深厚造诣，而是把这种渊博学识运用到了不适合于这位博学多识的剧作家发挥才干的文学形式中。

如果翻看一下《卡塔林》这个讲述付出巨大代价换得胜利的抑郁阴沉的悲剧，你会发现有两个片段完成得相当成功：第二幕，第一场，关心政治的贵妇们的对话和西拉鬼魂的开场白。这两个段子充分显示了琼森的戏剧天才。不论在内容还是在诗体形式方面，这段鬼魂独白都是琼森典型的成功之作——

> 你没感受到我吗，罗马？还没有！难道是沉沉夜色中
> 你已酣然入梦，而我又如此地缥缈无踪？
> 西拉的鬼魂可否进入城内作客，
> 我没有地震的威力，只是让你和你的一切
> 迅速毁灭？你那高耸的城楼切莫惊恐地摇晃
> 它们的头颅，切莫缩作一团躺倒在河床？
> 否则它们的废墟会填满汹涌的台伯河，
> 澎湃翻滚的浪潮，会吞没你那引以为荣的七山？
> ……

这就是博学而又富有创造力的琼森。琼森没有为塑造苏拉[①]这个人物而忧心，而是凭着几句酣畅淋漓的痛骂之词创造出了西拉的鬼魂，随着这样几句台词说出，他向人们展示出一股充满生命力的、令人恐怖的力量。句句掷地有声，仿佛真的代表着这位暴戾独裁官的意志。你可能会说：不过就是破口大骂罢了。正如琼森的诗篇远胜于马斯顿和霍尔那样，即使是谩骂也远胜于他们笔下笨拙的打斗；但如果仅仅是谩骂，就不会像琼森在这个激烈的长篇演说中所做到的那样，创造出一个活灵活现的人物。你也可能会说：琼森运用了修辞法。但如果我们把它称之为“修辞法”的话，我们一定要比以往任何时候都仔细地对这个术语进行剖析。琼森在这里所做的远不止于一篇优秀的演说词。他是在细心谨慎、一丝不苟地往一个既鲜明又笼统的轮廓里填充内容，一点也没有超出这个轮廓。在严格遵照预先设计方面，琼森的这个片段要比马洛的《帖木儿大帝》中的许多演说词所做的更为谨慎精确。而这个轮廓不是苏拉而是“西拉的鬼魂”，而苏拉与之则毫无干系。这些台词可能并不适合于历史上的苏拉，甚至也不适合于历史上的任何人，但是对于“西拉的鬼魂”，这样的台词却是一种完美的表达。你不能说这里运用了修辞法，“因为人们并不那样讲话。”你也不能称之为“冗词”，因为那些诗句并没有表现为冗长、多余，或是修辞学书本上提到的其他弊病，却有一种明确的艺术情感要求进行那般详尽的表达。这段台词中简单词居多，句法自然，语言朴素，不花不哨。接下来让我们看看《冒牌诗人》的序幕，由此我们会见到同样类型的又一个成功范例。

① Sulla（前 138—前 78），古罗马独裁官，《卡塔林的阴谋》中西拉鬼魂的原型。

光明啊，我向你致敬，但是以我受伤的神经……

人们不会那般说话，但是“妒忌心”却会如此，在琼森的诗行中，“妒忌”是一个真实的活生生的人。在“妒忌”和“西拉的鬼魂”身上洋溢着的不是人类的生命，但是旺盛的精力使它们成为另一种形式的人类生命。

再回来说《卡塔林》，我们发现在该剧正文最精彩却是一段不能塞进悲剧框架、看起来属于讽刺喜剧类型的情节。在不计其数的雄辩和演讲中，发生在弗尔维亚、加拉和森普罗尼亚之间的一段剧情非常生动活泼。这不禁使我们想起了《安静的女人》中的贵妇学院了，这段表面上看像是喜剧，同时又显得像讽刺剧。

所有惠顾者，如果不想空手而归，
都要倾囊而出、付出大代价，宝石、珍珠、
镀金餐具，抑或可观的金额。我不会
像勒达和欧罗巴那样，傻乎乎地
对雄天鹅或者登高的公牛感兴趣，
而要像达那厄，那亮闪闪的金子。为了
好价钱，我愿意容忍粗俗无礼的朱庇特，
抑或十个破锣嗓门的赌棍，我会忍住
不取笑他们，直到他们离去，剩下痛苦
不堪的我。

这个情节既不是悲剧，也不是喜剧，而“讽刺”不过是充当了抒发基本情感的媒介。琼森的戏剧不过偶尔伴随着讽刺，因为他的戏剧只是偶尔才对现实世界加以批判。琼森作品中的讽刺不同于斯威夫特和莫里哀作品中被称之为讽刺的部分：琼森的讽刺不源于任何确切的情感态度或者对现实世界的任何确切意义上的理性批判。这个意义上的讽刺，可能正如拉伯雷作品的讽刺；当然不会超过这个限度的。重要的是，如果小说可以分成创造性小说和批判性小说的话，琼森的小说当属创造性之列。他是一位伟大的批评家，我们的第一个伟大批评家，这个事实并不会影响上述论断。每位创作者同时都还是批评家；琼森是一位自觉的批评家，但他也是一位自觉的作家。当然，“批判”一词用来说明小说，其意义在于该词可以作为一种方法与琼森的方法相对立。这就是《情感教育》①的方法。琼森、莎士比亚，乃至所有伟大戏剧中的人物都是以正面的简单的轮廓勾勒出来的。在这些轮廓中可以填入大量的细节和灵活多变的方方面面，莎士比亚就是这样做的。虽然我们很难说出《哈姆雷特》在多大程度上体现出其艺术轮廓的清晰性、鲜明性和简洁性，但是清晰、鲜明而简洁的形象将在创作中贯穿始终。但是，弗雷德里克·莫罗却是个例外。他部分由负面的定义构成，建立在大量评论的基础上。我们不能脱离他的存在环境而孤立地来看待他，那可能是一个特定的环境，也可能是有着普遍意义的环境。无论如何，这个环境和生活于其间的人物包含了相当多来自现实世界的特定事实。没有这个世界，该人物就会分崩瓦解。此时占主导地位的是，批判的感性认识能力，即

① *Education sentimentale*，法国作家福楼拜的小说，下文提及的弗雷德里克·莫罗是其中的主人公。

对体验过的情感和知觉进行评论。如果这种说法适用于福楼拜，那么在莫里哀与琼森之间，该说法更大程度上适合于莫里哀。莫里哀与琼森的粗俗笑剧台词可能看起来如出一辙。但莫里哀通过塑造阿耳塞斯特或茹尔丹先生对现实进行了批判；对现实世界的针对性较强。而琼森的作品中的讽刺没有那么直截了当，现实针对性则较弱一些。

这将我们引向了气质喜剧①的问题。大致依据琼森的两部气质喜剧，人们有时会提出这样的假设：琼森看重类型，或者说他常运用典型夸张，即对类型的夸张运用。气质的概念界定，即琼森明确的创作意图，在这两部喜剧中得到了令人满意的实现。《人人高兴》是琼森第一部成熟的作品，因而为研究琼森的学者所必读。但这个剧还没有表现出本·琼森的戏剧天才：它只是琼森戏剧必读书目的最后一本。如果一个人从琼森的《狐狸》入手，继之以重读马洛的《马耳他岛的犹太人》，之后再回过头接着读琼森的《巴托罗缪市集》、《炼金术士》、《安静的女人》和《魔鬼是驴》，最后读《卡塔林》，那么他就有可能对这位诗人、剧作家形成一个公允的看法。

正如在马斯顿的讽刺剧中那样，《人人高兴》甚至从开头就不是关于类型人物的，而是关于简化了的有点扭曲的带有典型癖病的个人。后来的剧情发展大大超出了气质喜剧的概念界定。莎士比亚笔下的人物除了在他所设定的条件下生存，还在其他不同的环境下生活。莎氏为人物设置的背景环境，似乎抽

① Humour Play，在剧本《人人扫兴》（*Every Man out of His Humour*）的前言中，琼森提出独特的气质可以决定一个人特有的行为方式。琼森的这类喜剧人物通常只代表一种气质。下文两部气质喜剧即《人人高兴》（*Every Man in His Humour*）和《人人扫兴》。

走了这些人物达到最高程度、最富情趣的实现自我的机会，但即使这样，也并未抽尽他们在更高程度实现自我的可能性。另一方面，琼森的《狐狸》中沃尔波内的生活却仅仅局限在他所属的剧情环境，事实上生活即是剧情的生活，由此而派生出沃尔波内的生活，因而这个人物不能脱离这部剧作而生存。这没有背景可凭借，也不以事实为根据。其情感效果单一而且简明。情感效果在莎士比亚的剧作中，是通过人物之间相互作用产生的，而在琼森的戏剧中，则是通过人物彼此相互适应而形成的。《狐狸》的艺术效果的产生，与沃尔波内、莫斯卡、科尔维诺、科尔巴乔、沃尔特之间的相互影响毫无瓜葛，而仅仅是他们紧密结合形成一个整体的结果。而且这些人物也不是各种情感的典型，如果单独来看，他们甚至连典型人物的现实性都不具备，他们只是必不可少的组成要素而已。关于琼森的创作方法的另一个类似的例子是，你几乎无法从琼森的诗里挑出一句并且信心十足地说这句诗真伟大，但许多诗句扩展而成的片段却使你不得不承认这的确是伟大的诗篇。

> 我所有的床都要用气充满，不用任何
> 东西填塞，因为绒毛过于坚硬；我椭圆形的
> 房间挂满画像，如提比略从艾里芬蒂斯①的
> 书中拿来，而乏味的阿雷提那只会
> 无趣地模仿。我的镜片
> 以更为微妙的角度切割，然后画像上的人物

① Elephantis，古希腊女诗人，以情色诗著称。相传古罗马皇帝提比略（Tiberius，前42—37）退位僻居卡普里岛时，曾把艾里芬蒂斯的全部作品带在身边。

弥散开来，同时又重叠成无数。我行走其间……[1]

应该说，琼森继承了马洛的衣钵。他在《狐狸》中写道：

为了你的爱，
我会化作不同的形象，可与蓝色的
海神，抑或长角的洪水之神一决高低

此外，他还写道：

看，一枚红色宝玉
可以扰乱我们圣徒马可的双眼，
一颗钻石会买到洛莉亚·波丽娜，
当她珠光宝气盛装而至，如星光般璀璨……

显然作为一位诗人，他与马洛一脉相承。如果马洛可以称之为诗人的话，那么琼森自然也不例外。如果说琼森的喜剧是气质喜剧，那么马洛的悲剧中的很大一部分，是气质悲剧。但是一直以来，人们一味地把琼森看作是某种喜剧观念的典型代表。由于他的聪明睿智，作为批评家和理论家的琼森，长期以来一直为盛誉所累。我们一贯地被灌输这样的思想——要把他看成是那位专横傲慢的人（我们常常会把他与稍晚于他的同名者弄混），看成是那位以自己的观点给一代人留下深刻印象的文人政客。人们经常提起他的博学多才使我们感到不舒服。我们忘

① 引自本·琼森《炼金术士》第2幕，第2场。

记了这气质喜剧中的喜剧因素以及这位学者内心中的严肃的艺术家。琼森受到舆论的伤害，这是任何不得不谈论自己艺术的人都必须承受的痛苦。

仔细阅读《狐狸》的前一百行或者更多些，你会发现琼森的诗风似乎和马洛非常相近，琼森的诗更为深思熟虑，更为成熟稳重，却缺少了马洛的灵思妙想。它看起来好像只是卖弄语言技巧，当然这个语言技巧并非“人们实际生活中所采取的行为，所使用的语言”。事实上，在我们看来，它生硬造作，令人难以容忍地装腔作势。然而它并非卖弄语言技巧，或者至少不是滥用语言技巧，这一点只有等我们观看完整个戏剧才可以认识到。贯穿始终的这种风格最终没有给人们造成累赘冗长的印象，而是表现出大胆的，甚至可以说令人震惊、令人惊恐的直率。我们很难确切地说出，究竟是什么造成了这样简洁而单一的艺术效果。它在情节设计方面有着不同寻常之处。琼森运用了极为高超的戏剧构造技巧：与其说他擅长组织情节，倒不如说他更擅长在没有情节的情况下巧妙安排。他从未驾驭过像《威尼斯商人》这样复杂的情节；在布局谋篇方面，这部复辟时期喜剧与他最好的剧作大相径庭。《巴托罗缪市集》几乎没有情节可言；令人惊讶的是，这部剧就是围绕市集上令人手足无措的快节奏的扰攘喧嚣而展开；剧情就是市集本身，并非市集上所发生的任何事件。在《狐狸》、《炼金术士》和《安静的女人》中，有足够的情节来保证演员们处于活跃表演状态，但与其说那是情节，倒不如说是“事件”，把整个剧紧密组织起来的不是情节，而是一个灵感的统一体，它以其巨大统摄力向情节和人物辐射热量。

我们试图更为确切地说明问题，在描述琼森的作品时用了

“流于表面”的字眼，而小心地回避“肤浅”一词。在与琼森同时代的作品中的确存在一些含贬低意义的肤浅之作，但这样的作品不属于琼森，而属于鲍蒙特和弗莱彻。如果我们阅读一下琼森同时代的伟大作家莎士比亚、多恩、韦伯斯特以及图尔纳（有时是米德尔顿）的大作，他们的作品中都蕴含着一种深度，有如格里高利·史密斯先生所恰如其分地指出的“第三个维度”，而这却是琼森的作品所不具备的。他们的语言编织出一个蔓延滋生的根状网络不断向下伸展，直到触及最深层的恐惧和欲望。琼森的作品大多数情况下不是这样的；但是在鲍蒙特和弗莱彻的作品中，有时我们可能会以为发现了这种深度。但通过更进一步的考察，我们了解到鲍蒙特和弗莱彻的想象之花并不从土壤汲取养分，它们只是些剪下来插进沙子里的有点枯萎的花。

> 从此以后，当他们说起我，你会
> 听到满口的败坏名誉之词，
> 那时，你是否会忆起今天的一些事？……
> 请求你，记住；因为你将永远不再看到如此的我。

> 头发编织出无数精巧奇特的鬈曲，
> 可以在走了很多弯路之后紧紧拥抱
> 这徘徊不安的灵魂；……

上述引文脱离了具体语境，看上去像是出自更为伟大的诗人手笔，正如琼森的诗行在离开上下文之际，看起来言过其实或者空洞浮夸。鲍蒙特和弗莱彻的诗通过机智的迎合情感联想而引起人们的共鸣，而对于所诉诸的情感本身，他们自己尚且不甚明了，因而诗句未免空洞无物。背后是一片真空的诗句无疑是肤浅的，而琼森诗的外观则是坚实的。他的诗以其本来面貌而存在，并不假装出另一副模样。他的诗深思熟虑且蕴涵丰富，我们必须密切关注全篇，才可以领悟到全诗各部分的要义所在。如果一个人在他的作品里创造了一个世界的话，我们不能称之为肤浅，同样一个人也不能被指责肤浅地对待自己创造的世界，琼森诗的外在形式即是他自创的世界。琼森的人物与他们所处世界的情感纠葛有着逻辑上的一致。因为他们拥有属于自己的逻辑，所以他们不是空想出来的。此外，这里的逻辑也揭示了现实世界，因为它向我们提供了一个观察现实世界的新视角。

作为一位很有分量、智力超凡的作家，琼森努力把自己选择的写作方式当作一种模式和改革方案加以推广。他很自然地建立起抽象的理论，实际上那完全是其个人观点。只有我们认识并且把握了他的这一个人视角，我们最终对琼森理论的探讨才会有价值。该视角游离于他的理论模式之外，然而恰恰是这一点使得他的戏剧值得一读。有着创造性头脑的琼森不走寻常路：他创造了属于自己的世界，这个世界把他的追随者以及创作观点完全不同的剧作家们统统拒之门外。记住这一点，让我们来看看格里高利·史密斯先生关于琼森笔下的人物缺少第三维度的论断。他认为琼森的人物脱离了他们所存在的剧情环境则毫无生气可言，并且指出造成这样局面的原因有待探讨。这一持否定观点的论断暗示着这些人物纯粹是才智之作，换句话说，他们是作者对褪色发霉的旧世界进行肤浅观察的结果。它表明这些人物是没有生命力的。但是如果我们沿着这个理论、这个观察视角、其微妙别致的描绘以及利用戏剧手法的精心制作一层层地不断深入挖掘的话，我们会发现一种才能，它源自个人才智中形而下的部分，这是任何关于气质的理论所无法解释的，它使得沃尔波内、毕兹、菲茨多特里尔、《安静的女人》中的文学名媛们，乃至博巴迪尔生气勃勃。同样是这种才能，使得《萨蒂利孔》中的特里马尔奇奥、《巨人传》中的巴汝奇以及狄更斯小说中某些（而非全部）带有喜剧色彩的人物充满生命力。像这种凭借想象力创作出的生活不可以用“喜剧”或“闹剧”来加以界定；确切来说，它不同于莫里哀或马里沃[①]笔下人物的那种生活。另外，这两位作家风格上也是迥然不同的。然而正是这种想象出的生活使巴拉巴斯区别于夏洛克，伊壁鸠·马蒙区别于福斯塔夫，浮士德区别于麦克白（如果你有兴趣进行比较的话），使马洛和琼森区别于莎士比亚和效仿莎氏的作家如韦伯斯特和图尔纳。琼森的剧作并不只是气质喜剧：沃尔波内和莫斯卡都不只代表一种气质。对琼森代表剧作和其中代表人物，任何气质理论都无法给予合理的解释。我们想知道在什么层面上气质喜剧发展成为艺术作品，另外为什么琼森不是布罗姆[②]。

一件艺术品的创作，比如戏剧中一个人物的塑造，存在于个性渗入的过程中，或者更深层意义上讲，它存在于将作者的生命移注到人物中去的过程。这与传统的以自己的形象进行创作是截然不同的两码事。创作者的诸多激情和欲望，以种种复杂而曲折的方式在艺术创作中得到满足。对于一位画家，它们

---

① Pierre de Marivaux （1688—1763），法国戏剧家、小说家和记者。
② Richard Brome（约 1590—约 1632），英国剧作家。

可能表现为画家所偏爱的某些颜色、色调或者画面的明暗分布；对于一名作家，他最初的冲动会以更为奇特的方式移注到作品中。那么，我们可以说，在格里高利·史密斯看来，福斯塔夫以及莎士比亚笔下二十来个人物都具备“第三维度”，而琼森的人物却缺少这个。这并不意味着莎士比亚笔下的人物来自作者的情感或者想象力，而琼森的人物来自其才智或者创造力，他们具备着对等的情感源泉；而是意味着莎士比亚创作的人物代表着更为复杂的一套情感和欲望以及适应性更强、更为敏感的性情。福斯塔夫不仅是那头肚子里塞满布丁的曼宁特里烤牛，同时也会“衰老”，另外还有着极其敏锐的嗅觉。他可能满足了更多、更为复杂情感的艺术载体。正如所有伟大的悲剧人物一样，他可能是更加深沉、更难以理解的情感的产物：更加深沉，但不一定比琼森笔下的人物感情更加强烈。显然，差别的根源并不在于情感与思想的不同，抑或莎士比亚的洞察力更深邃，理解力更强，而是在于他对于范围更广、更为深沉、更为模糊的情感的高度敏感。但是他的人物并不比琼森的人物更富有“生气活力”。

莎士比亚笔下的人物所生活的世界有更广阔的空间。但是艺术家所创造出的一个个小世界并不只是大小的差别，如果它们是各个部分都按比例绘制的完整世界的话，那么它们在种类上也有区别。琼森的世界就是按比例绘制的。他塑造那种类型的人物在类似于滑稽剧与闹剧的表演方式中得到一定的调剂，尽管当你面对着一个像他那样独一无二的世界时，这些术语都显得力不从心。无论如何，它不同于莫里哀的闹剧：后者更具有解析性，更是一种理性的重新分配。它也不可以用“讽刺剧”来界定。虽然琼森看上去像个讽刺剧作家，实际上琼森的讽刺剧之所以伟大，不是因为他逼真地模仿对象，而是因为他创造了对象，而讽刺剧只是一个导致其美感效果的途径，是把一个新的世界发射到一条新的轨道上去的巨大冲力。《人人高兴》是一个纯粹的，非常纯粹的气质喜剧。在这部剧中发现并且表明一个新类型的过程中，琼森仅仅是不知不觉地为自己的直觉沿着正确的方向开辟了一条道路。同马洛一样，琼森创造出来的仍然是简化的人物，但是这种简化并不是以某种特定的气质或偏癖占支配地位来实现的。而那只是针对这一问题的肤浅的描述而已。其简化手法大体上存在于削减细节，捕捉与减轻和某个人物一成不变的情绪冲动相关的方方面面，并使人物与特定背景环境保持一致的过程中。对于艺术，砍掉细枝末节是极其重要的。此外同样重要的还有在描绘塑造过程中的平面变形。同马洛的创作一样，这是一个滑稽模仿的艺术，一个伟大的滑稽模仿艺术。这是一个伟大的滑稽模仿，它给人带来美的享受；同时，这是一个伟大的气质喜剧，它有着严肃的意义。琼森的“世界”足够宽广，它是诗意想象的世界，暗淡而阴沉。虽然他没有获得第三维度，但他也没有努力想得到它。

如果我们在探讨琼森时，能够对他的渊博学识少一点冷漠的敬畏，对于他的“语言修辞技能”及其应用多一点清晰的了解，如果我们意识到读者需要具备的并非考古学知识而是对琼森的了解，那么我们不仅能够从二维生活中获得教益，同时还可以领略到无穷的乐趣。我们甚至还可以应用他的心得和经验，把他看作我们所继承的有待进一步发扬光大的文学遗产的一部分。如果今天的人们了解琼森的话，他将是其同时代的所有剧作家中，在当今时代最受喜爱的。琼森的戏剧多了一点点野蛮残忍，少了一点点柔情蜜意，精炼利落的文字，以流光溢彩的色彩进行宏伟而大胆的设计，这一切都应该在伦敦或是任何其他的地方为他吸引来大约三千观众。至少，如果我们同时拥有一个当代的莎士比亚和当代的琼森的话，那么激起知识界巨大热情的很可能就是琼森。尽管他饱学诗书，他从未为了对学识或者人物研究的偏好而牺牲最广泛意义上的戏剧表现效果。琼森作品的舞台效果是无与伦比的。但是在琼森的作品中扮演重要角色的假面剧却被今天的人们所忽视。我们今天软弱无力的文化使得表演与文学艺术之花日益枯萎，但是在枯萎的文学和枯萎的表演艺术之间，人们更倾向文学。读过《科玛斯》①的人成百上千，但读过《黑假面剧》的却屈指可数。《科玛斯》中包含着优秀的诗歌，这些诗歌体现出琼森的假面剧诗所无法企及的艺术价值。尽管如此，《科玛斯》却意味着假面剧的死亡，它是从一种只在一个短暂的时代存在过的艺术形式向“文学”的过渡，其所铸就的文学形式已经失去了原来的应用性。即使《科玛斯》是个曾在拉德娄城堡上演过的假面剧，也足以凸显出琼森对于富于生机的艺术的敏锐辨别力，他的作品也体现了这一点，相形之下，弥尔顿只是悟道太晚了。即使在今天假面剧仍然具备可读性，任何兴致盎然的人要阅读琼森的这一部分作品，都必须不辞辛苦地研究古时的人们，想象他们配上音乐、服装、舞蹈以及伊尼戈·琼斯②的舞台布景演出时的情景。这些都可进一步证明琼森对艺术形式有着敏锐的辨别力，对于以特定的形式实现某种目的有着清楚的

① *Comus*，英国诗人弥尔顿所作的假面诗剧。

② Inigo Jones（1573—1652），英国画家、建筑师、设计师，曾为英国王后设计假面剧的布景和服装。

意识；同时也证明了相较于文学家的身份，他更是一名文学艺术家。

吴学鲁　佟艳光　译

托马斯·米德尔顿

剧作家托马斯·米德尔顿在他自己所处的时代并不是很被看重，他去世的日期如今无人知晓，我们只知道他的遗体于一六二七年七月四日下葬。他是那个时代最多产、最优秀的剧作家之一。但是要理解他为什么如今名气没有更大，或者他为什么没有更受欢迎，也并不是什么难事。原因就是他的“人格个性”令人们难以想象。关于莎士比亚的人格个性，近来人们新提出了数种较为合情合理的说法；琼森是真正激起我们无穷想象的人，他在美人鱼酒馆作演说，抑或为霍索恩登的德拉蒙德[①]制定规则；和纳尔逊、威灵顿一样，查普曼已经成为一个雷打不动地傲慢的英国名人；韦伯斯特和多恩则是真正以超凡的理智而见称的作家；甚至图尔纳（丘顿·柯林斯为他作出了权威性的定论）也是个“名人”。但是米德尔顿，这个不以合作创作为耻的作家，在其创作生涯中几乎和罗利形影不离，写出的戏剧五花八门，如《妇女互相提防》、《一局棋》和《咆哮的女郎》。在一些剧作中，米德尔顿这个名字只是某个创作集体的代名词，其中有的作品如《西班牙的吉普赛人》明显出自他人之手。[②]

如果我们要评论米德尔顿的戏剧，就必须聚焦于他的戏剧，而不是对他的人格个性品头论足。这些剧作中的多部尚且存有疑问。在所有的伊丽莎白时代剧作家中，米德尔顿似乎是最不计较个人得失，最淡泊个人名利，最愿意接受合作的（罗利除外）。同时他也是最变幻莫测的。他最伟大的悲剧和最伟大的喜剧仿佛出自两个不同的人。然而似乎毋庸置疑，米德尔顿既是一位伟大的喜剧作家，又是一位伟大的悲剧作家。包括喜剧和悲剧在内的大量剧作（迄今被公认是他直接参与创作的戏剧），确立了他的崇高声望。他的伟大不是因为他具备某种特别的人格个性，而是因为他是伊丽莎白时代的一位伟大艺术家或者艺人。在他的众多作品中，著名的有《傻子》、《妇女互相提防》和《一局棋》。此外，还有《咆哮的女郎》和《捉住老家伙的妙计》。这就已经足够了。在莎士比亚的悲剧和喜剧之间，我们可以建立起一种联系；无疑，在琼森的悲剧和喜剧之间也存在类似的关联。我们可以看到，莎士比亚与琼森最终各自都拥有一个既非悲剧亦非喜剧的个人视角。但是对于米德尔顿，我们却无法建立起如是关联。他仍然只是一个名字，一个声音，某几部戏剧的作者，这些戏剧部部都是杰作。他没有自己的视角，他既不多愁善感，也不愤世嫉俗；既不逆来顺受，也不如梦方醒，同时也不耽于幻想；他不传递任何信息。他仅仅是那个让人想起六七部伟大剧作的名字。

毫无疑问，《傻子》是米德尔顿的代表作之一。同所有米德尔顿的作品一样，《傻子》冗长而令人生厌；人物滔滔不绝，接着又戛然而止开始行动；他们是真实的，在原始的人类动机不可抗拒地驱动下行善或作恶。这种冗长乏味的演说加上突然面对现实的奇怪组合，在米德尔顿的作品中比比皆是，他的喜剧

① William Drummond （1585—1649），苏格兰诗人。

② 达格代尔 · 赛克斯先生曾就这个问题作过权威论述。——原注

中也不例外。在阅读《咆哮的女郎》的过程中，我们在大量低劣的传统情节中艰难跋涉，猛然意识到自己已经在不知不觉地关注一个真实而独一无二的人。我们在读《傻子》时，临近剧终之际，还会以为我们不过是在关注一部异想天开的伊丽莎白时代道德剧罢了，然而此后又会发现我们正在观看的是作者不动情感地展示给我们的可以发生在任何时间、任何地点的原始激情。通常的观点仍然是公平的裁判：《傻子》是米德尔顿最伟大的剧作。这个传统的道德剧在我们看来似乎荒唐可笑。对于许多理解力高的读者，这部剧只能满足他们历史方面的兴趣，只是阐释了伊丽莎白时代人的道德禁忌。女主人公是一个青年女子，为了摆脱掉自己不喜欢的未婚夫，从而嫁给心爱的男子，她不惜接受一个冒险家的提议，让他谋杀自己的未婚夫，(后来她才发现）她要付出的代价是成为这个杀人凶手的情妇。在现代人看来，这样的情节是极为荒谬的，而由此产生的悲剧也似乎小题大做。但是《傻子》不仅靠影响我们接纳伊丽莎白时代良好的形式或者传统而存在，事实上它像《玩偶之家》这样的戏剧一样，是独立于时代传统而存在的。在传统的底层则是人类本性的永恒真理。就像《俄狄浦斯》、《安东尼与克莉奥佩特拉》的悲剧是永恒的一样，《傻子》的悲剧是亘古长存的悲剧。这是关于一个并非天生恶劣但无责任感、不成熟的人，不得不面对自己行为后果的悲剧。在每个时代和每一种文化中都有同样的事情发生：无道德观念的人突然陷入无情的罗网，陷入非人为设定、由自然形成的道德陷阱中，因为一个轻率主张的行为而被迫承受其惨重后果。比阿特丽斯不是一个有是非观念的人，只是在她遭了罪时才良心发现。我们的传统不同于米德尔顿在其剧作中遵循的传统，但令人触目惊心的道德发现可能会永远存在。

米德尔顿在悲剧中的语言表达和他的悲剧一样伟大。比阿特丽斯经历了由反感到适应的过程，从而认定德弗洛里斯是她实现自己目的的合适工具，时至今日这个思想变化的过程仍然是人性永恒的评价。德弗洛里斯的直截了当和思维精确性表现得巧妙而高明，比阿特丽斯在最初意识到他的不良动机时所流露的贞操观念也得到了同样完美的展示：

> 哎哟，你怎么可能如此歹毒，
> 怎么会如此包藏祸心，
> 居然让他的死也谋杀掉我的贞操。
> 你的话胆大包天、邪恶至极，
> 我不知道怎么才能谅解这样的恶念，
> 无论如何节制都办不到。

——这一个片断以德弗洛里斯真正伟大的台词作结，即使是莎士比亚和索福克勒斯也会为这样的台词而感到骄傲：

> 你能用哭泣让命运改变它坚决的意志吗？
> 那么你就在我面前哭泣吧。

但是构成悲剧实质的重要方面至今尚未充分说明：它就是比阿特丽斯对罪恶感的逐渐淡化，罪恶感不复存在，取而代之的是麻木的习惯。对犯罪的接受和认同恰恰就是《麦克白》悲剧的实质。最终比阿特丽斯长久以来被迫成了德弗洛里斯的同谋，进而成为他的伙伴、他的伴侣，（这一点对人的本性来说永远是真实的）而不再是当初那个使她为了爱不惜走上犯罪道路的男人的伙伴和伴侣了。她的昔日情人不仅从场景中，更是从她的想象中消失了。当她提及德弗洛里斯时，这样称呼他：

> 一个异常重要、不可或缺的男人，我的老爷，

她的赞扬是相当真诚的；在最后结局，与她的情人奥尔舍摩罗相比，她更加倾心于当初确实厌恶至极的德弗洛里斯。正如弗兰切斯卡和保罗一样，她的最终归属正是德弗洛里斯。

> 在群星之下，遥远的流星之上永远
> 悬挂着我的命运，于终化尘土的芸芸万物之间；
> 命中注定我将永远离不开他；我的憎恶
> 预言了一切，但我从来都不相信。

德弗洛里斯的呼喊也是绝对的真诚，与人物本身性格相称：

> 我爱这个女人，虽然她心如蛇蝎；
> 她的爱是我通过谋杀皮拉考而赢得的……
> 是的，这位女士的贞操的代价
> 就是我的酬劳；我感激上天恩赐给我
> 这唯一的乐趣；它是如此甘美香醇，
> 我把它一饮而尽，不留一滴
> 给任何人向我举杯。

比阿特丽斯的悲剧并不是她失去了奥尔舍摩罗，因为她并非真

心想拥有他；她的悲剧是她赢得了德弗洛里斯。此类的悲剧决不仅仅局限于伊丽莎白时代：悲剧每一天都在发生，直到永远。最伟大的悲剧总是要展示重大而持久的道德冲突：埃斯库罗斯、索福克勒斯、高乃依、拉辛和莎士比亚的伟大悲剧无不肩负着同样的重任。在诗歌和戏剧表现手法上，《傻子》不及韦伯斯特最优秀的剧作。但是在悲剧的道义实质上，我们可以很有把握地说，就这部剧作而言，整个伊丽莎白时代胜过米德尔顿的只有一人，他就是莎士比亚。在某些方面伊丽莎白时代的悲剧可以与法国或希腊悲剧相媲美，就此而言《傻子》则为那个时代除了莎士比亚的剧作之外所有悲剧之冠。

智慧的灵光在《傻子》中忽隐忽现，但绝非出于意外。仅次于《傻子》的优秀悲剧是《妇女互相提防》。如剧名所示，该剧主题多了一点任意武断的色彩，而少了一点重要意义。尽管该剧较少受到下流话语和小丑的丑化影响，却让人觉得更加冗长乏味。米德尔顿把自己沉浸在那个时代传统的道德说教之中；这样一来，如果我们感到不耐烦，就会断定他不过在向我们实录伊丽莎白时代的欺诈事件而已，然而接着猛然间一个人物在肆意谩骂的真挚烈焰中迸射出奇光异彩。在《妇女互相提防》中，人物的邪恶是那个时代舞台上传统的邪恶。可是慢慢地下嫁为人妻而抑郁不得志的比安卡满怀愤激懊恼，以反面人物出现在人们的视野里，慢慢地人类的激情从错综复杂的利害关系中真实迸现出来。在这里，米德尔顿在创作这个表面上看似该时代传统的意大利宫殿情节剧的剧作的过程中，再次捕获了人类永恒的情感。同时在该剧中，米德尔顿在运用暗讽和语义双关方面表现出比同时代任何人都更加浓厚的兴趣；他还利用下棋作为情节表现手段，这一手段在他的完美的文学政治艺术作品《一局棋》中得到更加公开直接的运用以实现讽刺效果。这种反讽手法的运用可谓有登峰造极之妙：

我没说我的公爵将会置你于死地吗，你这寡妇？
我以为你会说话算数，言而有信，女士。
我的黑王也在全力以赴紧急应战。
哦，女士，到时候我们会见到他的。
我已经两番不假思索地把你将死。

在伊丽莎白时代的戏剧中，没有什么比起比安卡在公爵求爱一幕中所逐渐表现出的任性、妄自尊大更为真实：

的确，您把您那座旧房子说得天花乱坠；
它很快就会伏倒在您的脚下向您致谢，
或者等你上床后，它会俯下身，像个乖孩子似的，
请求您的福佑。

虽然说辞冗长，虽然传统意大利风格的恐怖弥漫四周，比安卡仍旧像《傻子》中的比阿特丽斯一样是真实的女人；的确，像伊丽莎白时代悲剧中的任何女人一样真实。比安卡是那种纯粹为名利而动心的女人。

如果说米德尔顿在悲剧中比除莎士比亚之外的任何伊丽莎白时代剧作家都更了解女人的话，这些剧作家包括《马尔菲公爵夫人》的作者、马洛、图尔纳、雪利和弗莱彻，那么他同样能够在喜剧中比他们当中任何一个更完美地再现女人形象。《咆哮的女郎》与米德尔顿悲剧无明显联系，而它却是大家所公认

的主要出自米德尔顿之手的喜剧。它是米德尔顿喜剧的典型代表，同时它也是最出色的一部。米德尔顿在悲剧中运用了那个时代所有意大利风格的恐怖手法，很显然是为了迎合时代品位；然而这样的表面之下我们总能感受到一种宁静、泰然自若的想象力，它客观地看待事物，而不把它们看作“别的东西”。在他的喜剧中亦是如此。这些喜剧篇幅冗长，父亲们严肃而庄重，像所有严父应该的那样大声责骂；儿子们狂野任性，恶作剧花样繁多，无以复加，其文学手段遵照伊丽莎白时代戏剧的通式，米德尔顿十分注意满足观众们的期望，然而在所有这一切之下是同样不变的对人性不掺杂个人情感的冷静的观察。《咆哮的女郎》同当时所有喜剧一样矫揉造作；它的情节不自然地吱嘎作响，然而这个女郎本身是永远真实的。她可能会咆哮怒吼，可能会行为怪癖，但她仍旧属于那类放弃所有个人幸福而为某种原则而生的女人。在《咆哮的女郎》中，米德尔顿与德克在写作手法上有着最为明显的不同。德克是个感情丰富的人；的确，如果《一场公平的争吵》中受到好评的多个片断不是真的出自德克之手，那么在兰姆，这个非专业评论家看来，其腔调更像德克而不是米德尔顿。《一场公平的争吵》看上去同样也像德克的作品，假如不是更像的话。《西班牙的吉普赛人》的情形与之相似，我们很难将其归于米德尔顿名下。但是在《咆哮的女郎》中，“女贼”的感觉只能是米德尔顿的，不会是任何人的。在米德尔顿悲剧的深层意蕴中，有着富有诗意的现实主义倾向；而且在他的喜剧中，我们也会找到同样的东西。

凯瑟琳·林奇小姐在她最近出版的《复辟时期喜剧的社会模式》中呼吁人们关注从伊丽莎白-詹姆斯时期向复辟时期喜剧

的逐渐过渡。她说米德尔顿是詹姆斯时期喜剧领域最伟大的“现实主义者”，这一点当然千真万确。林奇小姐极富启发意义的观点是，从伊丽莎白-詹姆斯时期到后来查理时期喜剧的过渡主要表现在经济方面：市民的趣味发生了变化，从模仿绅士阶层到成为绅士阶层并且接受那一套礼教习俗。当然在米德尔顿的喜剧中，礼教习俗尚未出现，但是伦敦齐普赛街的商人正在努力争取成为乡绅阶层的一员。林奇小姐指出：“米德尔顿对不同社会阶层相互作用情况的强烈关注，标志着现实主义喜剧的一个重要发展。”她呼吁人们关注米德尔顿喜剧的这一方面，认为它比莎士比亚传奇喜剧或者琼森自认为反映永恒而非无常人性的喜剧，更能标志从都铎王朝之前的贵族世界向肇始并大兴于都铎王朝的财阀统治现代世界的过渡。正如林奇小姐指出的那样，在查理二世复辟之际，社会结构发生了重组，社会惯例也焕然一新。在都铎王朝时期，社会仍然看重门第出身（尽管几乎所有的名门望族都已绝迹）；在查理二世时代，人们已经只重视教养了。正如林奇小姐所说，米德尔顿的喜剧、布罗姆的喜剧以及雪利的喜剧充当了过渡时期的媒介。她说，米德尔顿标志着一个伦敦商人渴望摇身变成乡绅的过渡阶段。在《米迦勒节期》中，他笔下的城市工商业巨头还没有失去他们的立场：

> 确实，在降灵节神圣的日子里旅行是惬意的，骑马与许多公民以及他们的妻子同行，有的坐在后鞍上，有的坐在侧鞍上，我和小托马西娜居中，我们的儿子和继承人，西姆·夸默多，穿着桃色塔夫绸短上衣，在我们前方隔一匹马远，或一码开外的地方——将会有一场好戏上演，让

我来告诉你们。

但是米德尔顿的喜剧不像康格里夫[1]的喜剧，即表现固定的社会行为的喜剧，而是像狄更斯后期的喜剧一样仍属个人喜剧，虽然是在城市商人不断掀起向乡绅转化的狂潮下。在复辟时期的喜剧中，像“女贼”这样的人物本来是不可能的。作为社会文献，米德尔顿的喜剧表明从大地主贵族政府向逐渐大量收买土地的城市贵族政府的过渡。就此来说，他的喜剧具有无限的吸引力。但是作为文学，作为不带偏见的人性描述，米德尔顿的喜剧主要由于其真实，而且永远真实而富于人性的人物“女贼”——“咆哮的女郎”而值得被人们永远铭记。毋庸置疑，米德尔顿的喜剧比莎士比亚喜剧、琼森喜剧，比除了德克、格林和纳什的小册子之外的任何文本，都更加“摄影般”真实地再现了那个时代社会底层的生活。但除此之外还产生了一部伟大的戏剧《咆哮的女郎》，虽然剧中一些主要人物的演说非常冗长乏味，情节的设计十分笨拙，但它的伟大之处在于米德尔顿对人性无所畏惧、不掺个人情感、毫无个人偏见的观察。

在评论界从米德尔顿的作品中剔除了所有罗利、德克乃至其他合作者的成分之后，米德尔顿终究为伟大的英国戏剧界树立了一个光辉的典范。他没有任何的信息可以传递，只是充当了一个伟大的留声机。在许多的瞬间，由于剧情的需要，他偶尔会表现出卓越的诗才，显出精通诗法的大诗人风范：

---

① William Congreve（1670—1729），英国讽刺喜剧作家。

我是您的骨血，与您血脉相连，
千万保重您的身体；不要再多看它一眼，
毫不留情地把它抛到地上，
让随处可见的污水管道把它彻底带走：
在群星之下，遥远的流星之上永远
悬挂着我的命运，于终化尘土的芸芸万物之间；
命中注定我将永远离不开他；我的憎恶
预言了一切，但我从来都不相信。

写下这些感人至深的诗行的诗人仍然是个谜一般的人，落寞孤单，没有世人的崇拜和追捧；乐于与人合作，无视功名；悄无声息地离开，没有人知道时间，更没有人清楚因何而死；三百年来，依然没有获得任何的个人崇拜。然而，他写出一部具有深刻持久的道德价值和恐怖震撼的悲剧，除却莎士比亚剧作之外无与伦比；他还写出了一部伊丽莎白时代逼真再现自由而高尚的女性形象的喜剧巅峰之作。

吴学鲁　佟艳光　译

托马斯·海伍德

在伊丽莎白时代的剧作家中有几位，著名的如马洛和本·琼森，每当我们想起他们时，总会有一种似曾相识的现实感。通过他们的文字，我们可以清楚无误地对他们有所了解。关于琼森，我们还可以借助他和德兰蒙德的对话录。还有各类轶事，尽管有时并不足信，但仍可作为他们对同代人产生个人影响的证据。而另外一些人在我们的记忆里却只是和某一部或某几部剧作相联系的名字而已。托马斯·海伍德是这些人中印象最为模糊者之一，而且有趣的是，甚至在克拉克博士殚精竭虑的努力之后，海伍德在人们的心目中仍然是个模糊的存在。[①] 克拉克博士似乎把所有相关的信息都搜罗殆尽了，至于海伍德仍不能打动人们，那绝对不是克拉克博士的错；事实上，克拉克博士的大作大可帮助我们了解造成这种局面的原因。他的这本书是完全纪实性质的，不同于某些材料极少而欣赏和假想性文字充斥的传记性文章。实际上，该书对这位那个时代典型的文学多面手的一生作了极为精彩的描述。该书也概括了海伍德编写小册子的活动以及在清教徒事业中可以称为通俗神学著作的概述，对于任何对此感兴趣的人来说都是颇具看点的，更何况讲的还是古老时代的情况。同时克拉克博士在该书中证实了人们的印象，即海伍德文思敏捷、精于措辞并且作品迎合大众口味，同时他也令人信服地证实了海伍德出自柴郡茅特兰姆的海伍德家族，而不是他的出生地林肯郡的海伍德家族。

兰姆和哈兹里特二人的充分认可，对于海伍德文学声望的确立起到了主要的作用。海伍德的成名作是《被仁慈害死的妇女》，而《英国旅行者》和《霍格斯登的聪明妇人》是两部与之相差不远的作品。继《西方佳人》上集近些年连续上演两次之后，我们认为，该剧是以欢快嬉闹的形式抒发了广泛的爱国主义热情。在讨论这部作品是否具备逻辑上的一贯性，并判断它应否归属海伍德作品集之前，让我们先来留心一下克拉克博士书中若干有趣的作品归属问题。首先同时也是最为重要的是《阿皮乌斯和弗吉尼亚》。

该剧的上演日期长期以来一直困扰着韦伯斯特的研究者，这部远不及韦伯斯特代表作品的剧作，在某些方面与韦伯斯特代表作品也并不相类，这也是克拉克博士认为该剧的主要作者是海伍德的理由之一。当然，这是鲁珀特 · 布鲁克[②]的猜想；但是鉴于韦伯斯特所有崇拜者最初的怀疑，当这一观点由一个海伍德研究专家提出时，势必会有更大的权威性。然而克拉克博士并不满足于只是与赛克斯先生（他把该剧的著作权全部给了韦伯斯特）争论，尽管这本身也是很严肃的任务。他不予考虑弗 · 劳 · 卢卡斯先生提出的我们认为稳健而至今坚不可摧的观点，只是在几条注释提到过。当然他也指出卢卡斯先生“企图贬低海伍德”为“非关键性”的剧作家，原因是卢卡斯先生在他编订的韦伯斯特全集中这部剧的引言里怀疑海伍德是否——

---

① 《托马斯 · 海伍德——剧作家及杂文家》，亚 · 梅 · 克拉克著，牛津，布莱克韦尔出版社， 1931 年。——原注

② Rupert Brooke（1887—1915），英国诗人。

> 能够独立创作出一部如此构思缜密、入情入理的戏剧。因为在他的身上有着某种蠢人似的无知，使得他永远不能单独创作出一部剧作，唯一的例外可能就是《爱德华四世》，尽管满纸胡言，但剧本终未受损。

卢卡斯先生可能措辞有点激烈，虽然令人耳目一新，但这在研究伊丽莎白时代的学者中间实属罕见；然而他关于海伍德是否构思了这部剧的怀疑，可能会给所有毫无偏见地阅读韦伯斯特和海伍德的读者留下印象。对于这样的读者来说，海伍德创作了《鲁克丽丝受辱记》的事实，足以使他们摆脱轻信的态度。但是，这却正是克拉克博士与卢卡斯先生争论的焦点所在。两个人都不怀疑海伍德与韦伯斯特共同创作了该剧本，他们谁也没提出作者另有其人。克拉克博士得出结论，认为海伍德创作了这部剧，之后“在鲜为人知的某一天，韦伯斯特漫不经心地对剧本作了修改”。卢卡斯先生则更可能认为，韦伯斯特创作了或构思并且部分创作了这部剧，而由海伍德修订或者完成。二者意见泾渭分明，给我们留下了很小的选择余地。事实上，我们选择了按照个人印象来作出判断。现在的评论家认为，比较可信的是至少韦伯斯特构思了该剧的框架，另外大家也不否认其中一些精彩台词也是出自韦伯斯特。

无论如何，克拉克博士关于海伍德参与写作《马耳他岛的犹太人》的论说，使我们更加倾向以上结论。在我们看来，克拉克博士的学说是真正建立在批评假说的基础之上。他的观点并无新意，他认为“就马洛构思的巴拉巴斯而言，该剧在第二幕就可以收场了”。但是，他又补充说，“据我们所知，马洛构思了剧情”，显然他这么说是作出了相当大的让步；同时他也承认在第三、第四、第五幕中也有极少的一部分是马洛亲手写的。他说："在剧中我们虽然仍能看到预先设定的主要枝节和插曲，但它们中的大部分都被塞到第五幕，从而腾出空间来容纳下流笑话和可憎的滑稽戏。"可能有的下流笑话，我们宁愿不把它归属给马洛，而在此方面海伍德却着实胜任，但是最"可憎的滑稽戏"却出现在第四幕第一场和第二场，对此十足的评论家可能会坚持认为，这种令人厌恶的滑稽戏并非海伍德可以胜任的，与马洛本人也绝对没有什么不相称。毋庸置疑，该剧的后一部分被窜改和歪曲了；克拉克博士作了精彩的论述，认为海伍德就是那个将马洛的这部剧其余部分补写完整的作家。尽管该剧很可能显得支离破碎，有拼凑堆砌之痕，但是在剧中我们仍然可以看到巴拉巴斯这个人物的概念形成并没有在第二幕终结。

有趣的是，被克拉克博士归功于海伍德的第三部作品是《约克郡的悲剧》。这部微不足道的生涩之作，在某种程度上过于受重视，尤其是斯温伯恩。克拉克博士将之与《悲惨的强迫婚姻》相联系，并且借此分析该剧的非连贯性，文字推理严密，堪称佳作。就该剧的诗体而言，多数并非配不上归属于海伍德，其中最好的一句半是：

> 但是你正在天使的膝上嬉戏
> 哪肯看我一眼

这句诗使我们意外地眼前一亮，这很可能是海伍德的诗句。该剧最精彩之处是关于"小儿子"的那部分：

> 父亲，你怎么啦？你不舒服吗？我不会因为你这个样子向你低头的：你两腿张开，把地方都占上了。呸，你别以为这样会把我吓着；假面、鬼怪我全不怕。

因为我们提不出任何别的次要的剧作家，说他比海伍德更可能写出这样动人的对白，所以我们也无法站在强硬的立场上驳斥这一说法，并指出它不应划在海伍德名下。那么这可能就是克拉克博士就作品归属问题的最有价值的一个提法。

所有的归属讨论，包括上述最后的有趣提法在内，并不会很大程度上影响我们对剧作家和诗人海伍德的评价。我们对他的看法是建立在归属权无可争辩的剧作基础之上的。这些无可争辩的戏剧展现了最低程度的统一性。相似的题材和处理出现在数部剧中；再有就是，同样的舞台技巧，以及同样的诗歌表达能力。诗歌中的感伤情调仅仅是平凡生活中平凡人的感伤，这也可能是海伍德常常令人误解地被称为“现实主义者”的原因所在。在他笔下，人物动机以及人类世界阴影的背后，没有道德综合的实在。没有远见卓识充溢他的诗行。他也没有艺术家统驭纷繁杂多的材料的能力。在几乎所有与他同时代的著名作家的作品中至少都有某种不完全的模式，并且具有人们经常所称的“个性”。在海伍德那些值得一读的戏剧中，每一部都有着各自的可读性，但是没有哪一部会提供些许启发，帮助人们更好理解他别的作品。

海伍德的诗，在诗歌层面上造诣从来都不是很高深，但是当它发挥到极致时，却常常在戏剧层面颇有建树。这一点可以用《被仁慈害死的妇女》中著名的选段之一来说明：

噢，不要再说了！

因为我所知道的比这还要多，已经
深深刻在我心房的红色瓣状面板之上。
美人，在所有亲爱的人中偏偏就是你，我不怕
把我的生命老老实实地放在你的手上，
拿我世间的所有资财去冒险。
去吧，告诉你的丈夫；他会绞死我，
而我则身败名裂。为了你，
我不在乎。或许盛怒之下他会亲手杀了我，
为了你，我不在乎。也许我会招致
全世界的唾弃，背上恶棍的骂名，
背叛朋友的败类；我不在乎。
行乞，羞辱，死亡，丑闻和舆论谴责
为了你，我甘心去冒这所有的危险：为什么，如果
为了你而生，为了你的爱而死，我还会在乎什么呢？

的确，这个片段开头的意象并不名副其实地好。“我心房的面板”是个合理但不生动的暗喻；但若称之为“红色瓣状”，则把解剖学知识生硬地转化为一个可笑的形象。它不是牵强附会的比喻，像克拉肖[①]那样故意活生生地把一种形象套在另一种形象上；它只是对于一个绝佳的比喻不求甚解的把握而已。但在之后的素体诗行中，作者使用了大量的语言技巧来强化说话人的观点；这段演说以两句明智而果断的话收尾，任何演员都会乐于将之高声朗诵。在那样的场合如此的演说，可以说是恰到

① Richard Crashaw（约 1613—1649），英国诗人。

好处的；这可能是温德尔向弗兰克福德夫人所做的最有说服力的演说，同时也使得她的屈服为我们所接受。如此诗味不是很浓但颇为戏剧化的诗体，在海伍德的作品中绝不是绝无仅有的。

而且毋庸置疑，海伍德在戏剧建构方面也不是毫无作为。我们没有理由对《被仁慈害死的妇女》提出抱怨，而以为一个与自己的丈夫和孩子一起幸福生活的女人不大可能突然轻而易举地受到一个长期寄居屋檐之下的男人的诱惑；我们认为这段引诱的过程写得极其似是而非。整剧的不太圆熟之处可能是在开头不必要地出现了弗兰克福德夫妇刚结婚时的生活场景，莫不如换成一个标志着直至温德尔引诱之时两人依然幸福相处的场景。自始至终，该剧都是以充分逼真的场景展示给观众的；我们接受了伊丽莎白时代因伤心而很快死去的惯例；而且最后一段情节尤为令人感动。弗兰克福德夫人的话真实自然：

> 天国是我梦寐以求的地方，如今我要去了，

她的话似乎依据某种稀奇古怪的非正统神学；即使伤心而死可以保证罪过得到宽恕，但弗兰克福德夫人不会对此十分有把握。但是这样的伦理感伤在伊丽莎白时代戏剧中不会是独一无二的；剧中其他地方灵活机敏的细节处理，比如找到吉他一节，都是名副其实的成功刻画。正如在其他一些剧中一样，在剧中的次要情节处理方面，海伍德显得非常力不从心。一个男子愿意出卖自己的妹妹来偿还赌债，这样的主题在我们看来荒唐而且令人惊骇；但是很显然，次要情节的作用不过就是为了给剧作增添一点调剂以免枯燥。尽管米德尔顿的《傻子》在其

他各个方面都比《被仁慈害死的妇女》更成功的剧作，但却一样属于伊丽莎白时代戏剧宝库中次要情节最为薄弱的重要剧作。

的确，海伍德由于缺乏幽默感，在创作次要情节时不得不承受这一不利因素所带来的痛苦，他无法采用喜剧手段来达到这一创作目的。为了创造娱乐效果，他有时像其他焦头烂额的剧作家那样，只是采用众所周知的做法，即求助于最为低级的淫猥下流。这样做与其说会使我们对写出这样东西的作家表示厌恶，不如说会引起我们对无计可施的作者表示同情。他时常会创作出可与琼森的杰作相提并论的作品如《霍格斯登的聪明妇人》；聪明妇人的形象以及她与其追随者共处的场景完成得极其精妙，为海伍德赢得了“现实主义者”的头衔，如果他的作品确实如此。撕下小查特利假面具的一场，演起来一定妙趣横生。另一方面，《英国旅行者》的次要情节却是一个粗陋的败笔，如此情节只有琼森才能写好。但海伍德缺乏想象力丰富的幽默感；他常常被与德克相提并论，这样的比较是很公正的。正如《西方佳人》中的女主人公贝丝，与《咆哮的女郎》中的女主人公相比较，是个纯粹的情节剧人物一样，海伍德也无法塑造出《埃德蒙顿的巫婆》中人物卡迪·班克斯，无法写出米德尔顿为《复仇者的悲剧》中的主要人物写下的极为动人的激情演说词（正是这段激烈演说证明了米德尔顿是《复仇者的悲剧》的作者）。卡迪·班克斯喜爱那条狗的同时又深知它是个魔鬼，但是他把它作为狗来喜爱，同时又当作魔鬼来谴责，卡迪这个人物足以与莎士比亚笔下的小丑相媲美；他并不“现实”，他是真实的。

海伍德创作的最出色的情节出现在《英国旅行者》中。可能前辈评论家会非难女主人公保证年老的丈夫一旦去世马上嫁给崇拜者这一情节；但是对于现代品位来说，这个剧情较之伊丽莎白时代戏剧许多其他情景实在是温和得多了，该情节可能很适合一个现代小说家来大做文章，一个并非完全意义上的现代小说家，差不多像司汤达那样。的确，这是个在伊丽莎白时代尤为具有现代意义的一个情节；正直的情人一直抑制着自己的激情，当他发现他的情妇不仅欺骗了她的丈夫——他的朋友，同时还欺骗了他自己时，他所感受的痛苦得到了至为精妙的提炼，表现出比遭到背叛的丈夫弗兰克福德还要尖锐、愤激的情感。在这个奇异的情景里，这几个人物——男主人温考特和他的妻子、小杰拉尔丁及他的不忠诚的伙伴德拉维尔连同老杰拉尔丁都被巧妙地布置在这个故事模式之下；剧情的构思和设计都做得非常好；剧中措词也很精巧：

小杰拉尔丁　你的丈夫年事已高，我衷心祝愿他
像涅斯托耳一样长寿，他应该受到我的祝福；
然而如果（像事实证据及自然准则每日告诫
的那样，人不能够永生，特别是
那些年老而狂乱者）他受到召唤
毫无遗憾地，在尽其天年后离开，
而我们俩幸存下来能有余生的话，
你是否同意在守寡之后嫁给我？

妻子　你所要求的正是我将要向你恳请的；
你的口中道出了我的心声……

妻子 直到那一天的到来，你要洁身自爱，
孑然一身；千万不要结识或交往
任何女人，不要承诺或者聘娶
任何姑娘或寡妇；期盼的时刻
我希望它不要来得太匆忙，当事情发生，
它的到来不会受到冷遇。你都听好；
发誓你会这样做。

小杰拉尔丁 我发誓，我会严格遵照你的话去做，
以这一吻为证。

妻子 你现在是我的兄长；
但未来，我的第二任丈夫。

不会有比这更好的表达了。上文选自《被仁慈害死的妇女》的片段，虽没有迸射出诗歌的耀眼光芒，却是简约而严谨的，以便在既定的情境中得到最大限度的戏剧性效果。凭借他在这两部剧中精心营造的感伤意绪和流露出的微妙同情心，海伍德值得，并且非常值得人们铭记，因为在这里他做到了他的同时代人无人做到的事情。

然而我们必须承认他的兴趣永远是在情感方面的，从不是伦理层面的。倘若海伍德生活在当代，那么他的创作将与我们今天所看到的现代戏剧如出一辙。通常来讲，任何时代一般的作家都会全盘接受当时的道德观念，因为他们的兴趣不是要分析伦理体系，而是要挖掘情感。弗兰克福德夫人几乎毫无反抗地屈服于她的引诱者，而她的日益衰弱和最后的死亡是对流行

的感伤情调的迎合。而绝不是对毫不留情的道德法则的维护。她所遵循的感伤传统，盛行于十九世纪一段时期的小说，小爱米丽式的小说人物层出不穷；尽管这个时期的小说可能会塑造出一代更为坚强的女主人公，但是由于它与道德观念根本没有必然联系，并没有推动道德发展进程。对于高乃依或者拉辛那样的剧作家来说，在弗兰克福德夫人或温考特夫人这样的故事中，他们所主要关注的是导致她们堕落的道德冲突；并且即使没有冲突，如在《红与黑》中引诱玛蒂尔德的片段（如果可以称之为引诱的话）那样，也足以成为道德家的研究文本。首要的区别在于它们分别代表了有道德现实意义和有情感现实意义的人类行为；除此以外，任何关于“健康的”和“病态的”情感区别的界定都是毫无价值的。海伍德受到了高度的评价，克拉克博士称他是“一个温柔宽厚的人……对不幸堕落者永怀仁善之心，禀赋中富于朴素的同情、凝练的诗才”；尽管将海伍德的同情形容为“朴素”并非公允（因为他的剧作中有名的引发同情的语句“南[①]，南！”和李尔王口中的“永不，永不，永不，永不，永不”，一样都不是朴素的表达，此外，在艺术效果上前者远不如后者）。重要的不是海伍德是否富有温柔宽厚之心，而是他的实际作品是否比被克拉克博士称为“蕴涵难以捉摸的伦理观”的弗莱彻、马辛杰和福特的作品更富有启发性，更有道德观念。

大部分较有影响的伊丽莎白时代剧作家的伦理观，都只能理解为莎士比亚伦理观的先导或者脱胎于莎士比亚伦理观；我们的意思是说，伊丽莎白时代剧作家的伦理观具有一定的重要

① Nan，《被仁慈害死的妇女》一书女主人公安妮（Anne）的昵称。

意义，但只有在莎士比亚的天才照耀之下才得到了充分体现。此外，还有另一种类型的伦理观，即讽刺剧作家的伦理观。在莎士比亚作品中，它在人物泰门与特洛伊罗斯身上得到了最为接近的表现，但是在像莎士比亚这样具有惊人表现力的天才身上，咆哮怒吼的气质却不能持久。《马耳他岛的犹太人》很接近此一类型的讽刺剧，但《狐狸》却很可能代表着它的最高水平；然而米德尔顿和图尔纳大量的作品亦接近此类，作为作家这两个人在伦理道德上的分量一定会超过弗莱彻、福特或海伍德。

> 这些妖术可以使所有的贵族变成
> 盛装的躯壳，使耕犁和拉犁的牛马
> 成为四轮马车和佛兰德斯母马，大队的
> 侍从化作一只法国蝴蝶。
> 你们城里不是也有巫婆吗？她们能
> 把自己丈夫的货物，整个商店滞销的商品
> 变成豪华的餐桌，偷欢的乐园；
> 一年中挥霍无度，却财源滚滚，
> 难道这些人不是巫婆吗？

人性令人悲哀的一面在莫里哀的喜剧中得到过最为恰到好处的刻画，而琼森甚至威彻利也都曾担负起这一重任，它同样也一再出现在米德尔顿和图尔纳的悲剧中。我们无意于否认克拉克博士赋予海伍德的一种“万分遗憾”的感觉，但我们却可以在上述引文米德尔顿借“埃德蒙顿的巫婆”之口讲出的一席话中找到更为深刻的“万分遗憾”的感觉。海伍德的同情心是

足够真挚的，但它只是任何时代的普通戏剧观众都能够欣赏的那种同情。海伍德的剧作是反映平凡生活的戏剧，根本不是最高意义上的悲剧；在它的翅膀的背后没有超自然的音乐。他在任何时代都会是成功的剧作家；他的卓尔不群在于表现悲惨，而非表现悲剧。他对那些撼动了时间的神秘面纱的更为深沉情感的最接近的表达体现在弗兰克福德的精彩台词之中，那些韶华已逝的男男女女读起它的时候，没有谁不会在心灵深处感受到一阵痛苦：

> 噢，上帝！噢，上帝！要是有可能
> 从头再来；找回昨天……

吴学鲁　佟艳光　译

西里尔·图尔纳

尽管使西里尔·图尔纳成为一个不朽的名字的那些悲剧的“美人鱼”版本随处可见，这位奇特的诗人作品的新版出版仍然是一个重大的事件。自从丘顿·柯林斯两卷本的出版，一晃已经有五十二个年头了。而尼科尔教授的这部豪华批评版本的诞生[①]，则提醒我们到了该对图尔纳的作品进行重新评价的时候。

在伊丽莎白时代的剧作家当中，图尔纳最令人困惑不解；可提供给学术研究者们的相关材料最少；对于文学评论家来说，评论他也是最危险的事情。对他的一生，我们几乎一无所知；我们没有发现他与人合作的踪迹。他只留下两部剧本；即使这样，人们甚至还一直怀疑这两部作品是否出自同一个人的手笔；而且，假如真像大多数的学者所赞同的那样，两部均为他所创作，那么哪一部创作在先仍存在着疑问。然而没有哪一部伊丽莎白时代的次要作家剧作比《复仇者的悲剧》更能揭示人性积极的一面。没有哪位伊丽莎白时代的剧作家比他更具有诱惑力：对于学者来说，他们需要冒险对事实作出猜测；对于评论家来说，他们需要冒险对其重要意义进行推测。我们可以确定，尼科尔先生所不知道的事情，别人也无从知晓；我们十分尊重尼科尔先生的学术成就和勤勉的治学精神，但我们要指出的是自柯林斯以来五十二年的伊丽莎白文学研究几乎并没有增进我们对这位名字惹人喜爱、很特别的诗人的了解。在其令人钦佩的引言中，丘顿·柯林斯实际上对这位诗人的生平经历全然不知；所有后来的学者能够做的也只是对一些可能的琐碎资料进行拼凑。确定无疑的是有一个图尔纳家族存在；至于西里尔在这个家族的确切地位如何，尼科尔先生坦言，这只能凭空猜测。尼科尔先生向我们提供了所有可能合理的猜想之后，告诉我们图尔纳的"整个早年生平是一段完全的空白"。他所提供的资料，使我们有很好的理由相信图尔纳可能连同其他家庭成员曾经是塞西尔家族的仆佣；此外，他补充了一篇散文《索尔兹伯里伯爵罗伯特其人》列在图尔纳的作品集中。除了上述两部悲剧以外，他又收入早已被认定为图尔纳真作的《变了形的变形》、《弗朗西斯·维尔爵士送葬诗》以及追悼亨利亲王的《挽歌》；同时他还收录了一个讽刺风格的小册子《笑着躺下》，这本和许多同类作品相仿的作品，至少可以说，可能出自图尔纳之手——既然它被归属于图尔纳，也不存在什么特别的理由证实他不是其作者。

五十年来相关信息仍然是匮乏的，这种状况大概永远也不会得到改善了。在读完他的两部悲剧之后，我们感觉其情形与我们对图尔纳的了解惊人地一致：这两部剧之间的差别，和它们与伊丽莎白时代知名作家的所有剧作间的差别不相上下。对于伊丽莎白时代戏剧，评论家假如大胆地断言无论哪一部剧作是某个作家一手创作的，这个评论家往往是草率的。但是，关于这两部剧作《无神论者的悲剧》和《复仇者的悲剧》，文学

---

① 《西里尔·图尔纳作品集》（*The Works of Cyril Tourneur*），阿勒代斯·尼科尔（Allardyce Nicoll，1894—1976）编，弗雷德里克·卡特装帧，伦敦，范弗洛利克出版社（Fanfrolico Press）。——原注

评论家们认为，即使它们是某种合作的产物，统摄整部作品的指导思想却只有一个；他们还认为，这个指导思想不会来自其他著名剧作家中任何一位。当然，图尔纳为那些钦慕崇拜他的评论家们留下了非常深刻的印象。然而，遗憾的是，尼科尔教授本来合理公正的引言却在开头处引用了马塞尔·施沃布[①]的《虚构人生》中关于图尔纳的歇斯底里的措辞。说图尔纳是naquit de l'union d'un dieu inconnu avec une prostituée[②]，在富于浪漫色彩的年代这样过分的假设是可以谅解的，就一位诗人想象一位外国诗人来说，这样的过分假设也是可以谅解的。但是，这不是批评；对于一位伟大的英国诗人的作品，如此的介绍性文字会使人们误入歧途；而卡特先生极好却过于恐怖的装帧更是强化了这一误导性的印象。在这两部剧中，最为重要的是其华美的诗行和统一的戏剧格调。

评论界认为，《无神论者的悲剧》和《复仇者的悲剧》的作者在莎士比亚的早期追随者之列。如果福特、雪利和弗莱彻代表着莎氏学派走向衰微，而韦伯斯特代表着该学派最后的成熟，那么图尔纳则属于略早于韦伯斯特的这一派剧作家。他与米德尔顿比较接近，与那位让人难以理解而且至今评价偏低的诗人马斯顿有些类似。他与韦伯斯特在思想上的差别非常显著；如果我们要把他的剧作指定为别的知名剧作家的话，最没有可能入选的就是韦伯斯特。原因是韦伯斯特写作速度缓慢，审慎细心，是一位极其自觉的艺术家。他写不出像图尔纳有时会涂抹出来的那样糟糕或没有品位的东西，但是他也永远不会

---

① Marcel Schwob（1867—1905），法国作家。
② 法文，一个不知名的神祇与一名娼妓所生。

像图尔纳有时候那样令人叹为观止。此外，韦伯斯特在他最伟大的悲剧中，流露出对他笔下所有人物的一种怜悯之情，这种对善恶一视同仁的态度有助于韦伯斯特形成统一的格调。图尔纳对他笔下任何人物都没有这样的感情；在这方面，图尔纳正如由斯托尔教授指出、尼科尔教授提醒我们的那样，与《安东尼奥和梅丽达》的作者（即马斯顿）比较近似。在所有的其他同时代人中，米德尔顿是和他最接近的。但是尼科尔先生十分正确地批驳了欧·亨·克·奥利芬特关于米德尔顿是《复仇者的悲剧》作者的观点，与达格代尔·赛克斯先生一道把这部剧归还给了图尔纳。尽管奥利芬特先生可能仍然有着很大的影响，但是有一个米德尔顿的重要特征我们在这两部归属于图尔纳的戏剧中是找不到的。米德尔顿与图尔纳的笔下最为生动感人的悲剧人物所生活的方式迥然不同，差别不是在程度，而是在种类上；米德尔顿的人物常常会闪现出一种讽刺妙语的灵光，而在图尔纳那里妙语急智却是靠强烈的奇特怪诞来表现。在阅读米德尔顿的剧作如《傻子》或者《妇女互相提防》时，我们会清楚地看到一位多样戏剧手法运用自如的作者；在图尔纳的两部戏剧中，无论哪一部，我们都会辨认出一种狭隘的创作思想，它所能胜任的至多不超过马斯顿的有限范围。

的确，图尔纳笔下的人物，甚至包括有名的温迪斯——《复仇者的悲剧》的主人公在内，他们中没有一个具有出于人性的善与恶。但戏剧人物可以有不同的生活方式；而且一位像图尔纳这样的剧作家可以通过强化他的优点来弥补他的缺陷。人物应该是真实的，与我们自己的生活息息相关，比如在莎士比亚的笔下，即使非常不起眼的角色也可以是真实的；但是他们还必须相对于彼此是真实的；角色之间紧密的情感模式是戏剧价值的重要组成部分。与马斯顿的人物一样，图尔纳的人物具备这种彼此关联的特点，而且可能在程度上还要更高些。他们可能会扭曲变形，怪态百出，对人类进行几乎幼稚可笑的笨拙模仿，但是他们都是依照相同的比例而呈现的变形。因此整个表演从人物出场到最后结局，的确“绝非普通的表演”，它具有自足的真实。事实上在组织紧密这个方面，除了莎士比亚戏剧以及马洛和琼森最优秀的剧作之外，没有可以凌驾于《复仇者的悲剧》之上的。图尔纳在剧作家中以三个方面见长：他清楚如何以自己的方式组织情节，在操纵舞台效果上手段高明，而且是诗体运用的大师，精于选词炼句。所有评论家有目共睹，《复仇者的悲剧》紧锣密鼓拉开帷幕，之后直至剧终，紧凑的节奏丝毫不减。第一场还没进行到一半，我们就了解到所有需要掌握的信息；图尔纳以至为俭约的方式运用他奔如潮水的文思。该剧开场以及著名的第三幕第五场都是引人注目情节剧的精彩片断；第五幕终场戛然而止，与开场的陡然爆发旗鼓相当。

在进入这两部剧的细节之前，我们必须面对两个从未得到解决而且也许永远无法解决的问题：这两部剧是否出自同一位作者？如果是一人所写，那么两部作品孰先孰后？针对第一个问题，学术界一致的看法是，这两部剧应一同归属于图尔纳；只有才华横溢的奥利芬特先生独自将《复仇者的悲剧》归在米德尔顿的名下，从而使得另外一部比之前变得更加扑朔迷离。针对第二个问题，学术界的一致意见与感觉上的第一印象恰恰相反；现存的所有证据都指向《复仇者的悲剧》，似乎它出现在先。伦敦出版业公会的记录不容轻易弃置；另外，达格代尔·赛克斯先生，这位可能是在图尔纳和米德尔顿文本研究方面最权威的学者，还找到了文体方面的证据。尼科尔教授在接受这些证据的同时，鲜明地指出了不合常规之处。与现代诗人经验类比所得出的证据表明，《无神论者的悲剧》是部很不成熟的作品，而《复仇者的悲剧》则代表着一个素体诗纯熟运用的时期。后者不仅在各个方面优越于前者，而且它展示了语汇和韵律方面高度新颖的发展，不同于任何其他的剧作和剧作家。《复仇者的悲剧》的韵律确实有高度的齐整感。然而，尽管这些在尼科尔先生的序言中得到简要总结的证据清晰地摆在我们面前，但是我们不能因此而断言该剧为晚出。在那个令人难以理解的时期，戏剧诗人创作和发展的方式是现代人所无法想象的，在所有的奇事之中，这是堪称最奇的奇事之一。但是很可能事实就是这样。我们可以假设，《无神论者的悲剧》或者已经完稿，或者已经写好一部分，然后被搁在一边，直到《复仇者的悲剧》写出来并且登记在案。也可能在《复仇者的悲剧》上图尔纳耗尽了自己全部最富奇思妙想的灵感，所有的内在证据均表明这部剧作是他在灵感突现的状态下一鼓作气写成的；而在数年以后，他更多地留心成功的典范——不仅包括莎士比亚，可能还有查普曼，从而创作了《无神论者的悲剧》，作品中有更多规范的诗句，更多传统道德说教，更多惯例性的场景，但往昔的激情仍时而闪现于各处。《无神论者的悲剧》的场景不全都是惯例性的；或者说，至少他以自己的方式超乎寻常惯例。场景设在午夜墓地不足为奇，然而我们认为能在这样的场景下同时安排一个低调的约会和一起未遂强奸案的人，与其说是其他任何人，莫不如说就是《复仇者的悲剧》的作者；同时剧中滑稽戏与其说是富有喜剧色彩，不如说是粗俗下贱，看上去不像韦伯斯特或米德尔顿的风格。韦伯斯特的滑稽散文与他的悲剧诗体和谐一致；在这方面韦伯斯特是《麦克白》中门房角色的传统值得称道的沿袭者。米德尔顿在他的悲剧中，对悲与喜的关系也别有一番感受和体验。而图尔纳的两部悲剧中，尤其是在《无神论者的悲剧》中的悲喜之间的转调，完全是我们从一个马斯顿的效仿者的作品中可以期待看到的样子；尤其在《无神论者的悲剧》中，悲喜之间的转调表现出令人生厌的无品位，它是如此明确而张扬，以至于它本身也成为一种独特的品位，在马斯顿的作品中我们也会看到它的身影。

《无神论者的悲剧》确实有着自己特立独行的格调和品位。下面是其广为人知的片段：①

翌日走在死神笼罩的海滩上，
惨遭杀戮的他们的人的尸体，
被填饱了肚子的大海抛到了
沙滩上，不幸的机缘使我看清了
一张脸，我惊讶地意识到在他
生前我曾有幸见到过他。
他躺在自己的盔甲里，仿佛那是
他的棺材；而哭泣的大海（像一个人
在性情温和之际，悲痛地哀悼他
在暴怒之下杀死的这个人）冲上
岸来，拥抱他，亲吻他的面颊；

① 以下所引的文本来自尼科尔教授的批评版本，但出于读者熟悉和方便的考虑，“美人鱼”版本的现代拼写和标点也在此沿用。——原注

再跑回去，奋力扬起沙土
来将他埋葬，它每一次离去时都要
为他洒下眼泪，直到，最后（仿佛
它再也不忍看见这个被他亲手
杀死的男人，然而又不愿离去）迈着
一种犹豫而无奈的步伐，
卷起一个接着一个波浪，（像
一个人因为悲伤而交叉双臂，或绞纽
双手）从尸体身边退潮而去，不断
下降；仿佛它将沉入地下并因
有愧于自己的行为而欲藏匿起来。

笔者曾深信《无神论者的悲剧》为早出。但是如此的诗行，巧妙高明而又不乏堆砌雕琢之痕，很可能属于一个较晚的时期；规范的作诗法，精致的垂悬式长句，以及括号中的三个明喻，甚至使我们想起了马辛杰。确实查尔斯·兰姆在评论这个精彩片段时，认为这种使用括号附加说明的风格起源于菲利普·锡德尼爵士，他“似乎为莎士比亚确立了榜样”；但是这些诗行在马辛杰的作品中有着相对于莎士比亚剧作在句法上更为类似的对应表达。但是诗句如：

用我们的钱财买来须臾的欢乐

使我们想到《复仇者的悲剧》中的一句，而诗句如：

你的重要性使你成为枯朽的魂灵

出自《复仇者的悲剧》，与米德尔顿的风格至为相似。

尼科尔教授接受了《无神论者的悲剧》可能晚出的说法，并引证《辛白林》较《哈姆雷特》晚出的事实与之类比。令我们震惊的是，这恐怕是可以找到的最不适合的例证。即使有些评论家仍然认为《辛白林》是“才力式微”的证据，它的文辞驾驭水平也不逊色于《哈姆雷特》，并且可能更胜一筹；同时，像莎士比亚的任何一部剧作一样，它增添或发展了某些在之前所有剧作中没有得以鲜明表达的元素；它是按先后顺序排列的链条上不可缺少的一环。尽管根据权威的观点《无神论者的悲剧》已被认定为晚出，但是它没有在另一部的基础上带给我们任何新的东西：没有发展，也没有新鲜的灵感；只是娴熟而缺乏创见地运用了更为多样的诗歌韵律。在诗人中超出自己的经历局限表现为早熟的例子不胜枚举，莎士比亚与之形成鲜明对比，经过漫长而缓慢的发展过程，走向一个早熟诗人永远无法再次企及的巅峰。无论如何，图尔纳的天才之作是《复仇者的悲剧》，而《无神论者的悲剧》则为只是表现才气之作。

的确，《复仇者的悲剧》不妨可以作为孤立的杰作的一个样本。它的确是表达出某种看法，而这主要是赋予作品本身令人惊叹的整体感觉的一个对生活的认真、独特而可怕的思考；但这是一个高度敏感、禀赋文学资质的青少年基于微不足道的体验经历而做出的思考。我们倾向于认为青年仅能够对人生做出局部的观照；我们倾向于认为青年片面夸大其狭隘体验的重要性并且像“小鸡里肯”那样想象世界。但偶尔这种专注的欣喜若狂或者恐怖不安的思考结合文字韵律的娴熟运用能力，可以给一部青少年作品带来一种超越作者生活阅历的普遍性，从而在成年读者那里引起共鸣。丘顿·柯林斯在作品集引言中对图尔纳做出了迄今为止最为深刻透彻的诠释；尽管柯林斯在引言中认为《复仇者的悲剧》为晚出，认为图尔纳是个阅历丰富、思想成熟的人，但是上述理论却并不因此而失去效用。柯林斯指出，“作为戏剧诗人，毫无疑问，图尔纳的重要不足在于其视野狭隘”；而这种狭隘视野可能就是一个年轻人的狭隘视野。在《复仇者的悲剧》中愤世嫉俗和人性的可憎可厌之处得到了淋漓尽致的完美抒发，但同时因为超越了客观对象，所以这些情感又是不成熟的。其客观对应物是无恶不作的剧中人物，他们似乎仅仅是从诗人梦寐般的内心世界，从语言所无法描绘的恐怖世界所投射出来的幽灵。因此说该剧是人性的真实记录，那也主要因为它是关于一个人——图尔纳的真实记录；它的主题在真正意义上是死亡主题，因为死亡是生命本身的憎恶和恐怖。如此清晰的认识这一主题是个重大的胜利，因为对生命的憎恶是一个重要的方面，如果愿意的话甚至可以说是生命本身的一种神秘体验。

这样《复仇者的悲剧》在这方面迥异于伊丽莎白时代任何次要作家的剧作；在这点上，只有《哈姆雷特》能与之相提并论。然而通过与一部较晚的抒发愤世嫉俗且深恶痛绝情感的著作——《格列佛游记》相比较，也许《复仇者的悲剧》的特质可以更好地显现出来。任何两部作品相比较都不会像这两部这样迥异不同。用柯林斯的话说，图尔纳的“痛苦，愤世嫉俗和绝望”是静态不变的；它们可能是先于体验而存在，或者可能是微不足道的一点体验的成果；斯威夫特的《格列佛游记》则表达了这个世界上一个成熟而失望的人渐次累进的愤世嫉俗的思想。作为对世界的一个客观性的评价，斯威夫特的著作要可怕得多。因为斯威夫特本身就沾染了足够的偏狭卑劣的习性，犯下了足够的妄自尊大的过失，并且有着对权力和占有的贪欲，所以他有能力就人类自身普遍存在的偏狭卑劣、妄自尊大、利欲熏心和狼子野心，进行无情揭露和谴责；他的诗歌和散文证实了他对人类这种动物的劣根性深恶痛绝。我们在阅读斯威夫特作品之时会想，“人是多么可憎啊”；在读图尔纳的作品时可能只是会想，“如此地憎恨人类是多么可怕的一件事啊”。原因在于仅仅通过把人类作为始终如一、一成不变的暴饮暴食和贪欲邪念的疯子来展现，并不能使人性可怕。

我们觉得柯林斯耗费毕生精力研究图尔纳戏剧，往往有点对之做出过为深刻的解读，换句话说，有点用力过勤。然而他的一些说法是公允而值得铭记的。但在斯温伯恩、柯林斯和尼科尔先生之后，我们仍然有必要对图尔纳素体诗的独特风格进行肯定。他偶然的韵文至多是平淡无奇的；他没有留下任何抒情体诗；但如果说图尔纳是在马洛、莎士比亚和韦伯斯特之后最引人注目的诗歌创作技巧的革新家，虽然无人效仿，也不是很过分。《复仇者的悲剧》的风格是贯穿始终的；几乎没有什么变化，但是紧凑的节奏避免了单调之感。

> 的确，如果真相大白，我是因某次
> 贪吃的宴会而生；某道轰动的佳肴
> 是我的生父，当时人们祝福健康干杯痛饮
> 女士们的面颊因为酒力而涂上一抹红润，
> 她们健谈的口齿如她们轻盈舞步般灵活敏捷，
> 说着动人而亲密的话语；正当她们起身道别，

却又愉快地表示愿意重新落座。
在这样一个纷纷耳语、即将离去的时刻……
……到了翌日清晨
当他们起身穿戴整齐，重新戴上面具，
谁会知道这个，只有那永恒的眼睛
看透饮食男女，假如有什么要被诅咒，
它就是那晚的夜半时分……

他的诗紧锣密鼓：

噢，想想宫廷里的欢乐吧！
安全舒适而富丽堂皇！激动人心的珍馐，
似乎随时会走出盘碟，尽管已成盘中餐
可是在被吃到的时候，它们竟活过来！
宴会到处都是火炬！音乐！运动！
光着头的陪臣，永远没有机会
戴着自己的帽子，但他们趾高气扬！
九辆四轮马车在恭候——赶紧，赶紧，赶紧——

他的措辞似乎旨在浓缩意象，尽量用最小的空间，最短的时间来描述一切：

妙龄与身材
永远联手行动……
承受冷雨浇灌入口的上天惩罚……
诱人的须臾可怜好处……

（“诱人”是“美人鱼”文本的异文；丘顿·柯林斯和尼科尔先生都只给出“醉人”而没有提到其他供选择的异文；假如他们的版本正确，那是很遗憾的事，因为“诱人”一词在这里意义更丰富。）

身在福中不知福……
为达目的不择手段……

奇特的不连贯性以及频繁变幻的发展速度，作为《复仇者的悲剧》的典型特征，在剧终收场的台词中得到最为充分的表现：

如果我们自己不说，这场谋杀就会沉睡
在缄默的碑铭中，整个世界被蒙在鼓里。
我仍然记得，在这里皮亚托
曾经遭受过一次不公正的判决；
但是毋庸置疑（他说），时间
会让杀人凶手自己站出来。
不错，他死了；他是一位先知。
事到如今，老爷，既然我们已在劫难逃，
这是我们所为，正所谓天网恢恢，疏而不漏！
如果我们愿意，我们本可以让贵族们受到敲诈。
然后被人看作连乞丐都不如；但我们不愿
如此懦弱地靠敲诈度日，我们不缺钱，
确实，我们处境不错：母亲见利忘义，妹妹坚贞自守，
我们死在了一窝公爵之后。再见！

正如《复仇者的悲剧》的整体风格一样，这里的诗体并非这个伟大戏剧时代末期的风格。尽管图尔纳的诗歌韵律十分特别，但是在风格上要早于莎士比亚晚期作品，早于弗莱彻和韦伯斯特，早于马辛杰、雪利和福特就更不用说了。它借鉴各家的同时，也学习了马斯顿。正是这一部剧作确立了图尔纳作为一位伟大诗人的重要地位，剧中他把自己的时代乃至任何时代都独一无二的人生最恐怖的故事，以合适的文辞、合适的韵律展示给我们。

吴学鲁　佟艳光　译

约翰 · 福特

伊丽莎白时代和詹姆斯时期的剧作家可能有各种不同的分类法，也许他们也可以分为以下几种情况：有些剧作家即使没有莎士比亚，也依然会很伟大；有些剧作家具有足够的建设性而在莎士比亚之后做出一些有益的贡献；有些剧作家价值仅仅存在于成功利用莎士比亚的一些技巧方法或者在作品中处处对莎士比亚诗句做出回应。第一类中会出现马洛、琼森和查普曼；第二类中则有米德尔顿、韦伯斯特和图尔纳；第三类中则是作为悲剧作者的鲍蒙特、弗莱彻和雪利。这样的分类法禁不起进一步推敲，特别是在区分第二、第三类方面；但是它在最初可以起到一些作用，帮助我们为约翰 · 福特临时指定一个位置。

莎士比亚所确立的标准是一个从始至终不断发展的标准，在这个发展的过程中，每部剧对于主题的选择以及戏剧和诗法技巧的选择，似乎越来越取决于莎士比亚的情感状态，即他当时在情感成熟过程中所处的特定阶段。什么是“纯粹的人”，这不仅是他最伟大或最成熟的成就，而且整个格调生成于剧作之间的先后关联；因此我们可以很自信地说，他的剧作中任何一部的全部内涵都不是内在孤立的，而是要依照这部剧相对于莎士比亚之前和之后所有其他剧作所出现的次序来综合考量。为了弄清某一部莎士比亚戏剧，我们必须了解他所有的剧作。

这个格调如此尽善尽美、深入浅出，那个时代的剧作家可谓望尘莫及；但是剧作家和诗人接近这种毕生作品统一性的程度高低是衡量重要诗歌和戏剧作品的主要尺度之一。我们在琼森和查普曼的作品以及马洛未完成的作品中可以感受到类似的有意思的统一性，但其程度不如莎士比亚的高；尽管韦伯斯特的剧作时间顺序令人迷惑，但是我们还是可以在他的作品中发现程度较低的统一性。即使没有作品集，某些剧作家仍然可以在单个剧作中实现令人满意的统一以及格调的重要意义，这种统一性除了来自戏剧和诗歌技巧，还源自一些情感的深度内涵及其逻辑上的一致性。《少女的悲剧》或《是国王，又不是国王》与《傻子》有一样多的诗行，具备更好的组织结构，但是在情感的内在必要性（它比我们通常所说的“真挚性”更为深刻和复杂）的方面却远不如《傻子》。

据我们所知，福特得以上演的首部重要剧作，明显地借鉴了莎士比亚末期的一些技巧和更多的情感基调。《情人的忧郁》在一六二八年获准搬上舞台；如果没有《辛白林》、《冬天的故事》、《佩里克利斯》和《暴风雨》，可能就不会有该剧的创作。除了其中的喜剧片段具有福特剧作一贯的凶恶残暴特点以外，该剧令人赏心悦目，如梦幻一般，既没有暴力，也没有过度夸张。同福特其他剧作一样，该剧言语表达与莎士比亚多有相似之处；但是更有趣的是亲人相认场面的运用，在莎士比亚后期剧作中，相认场面成为如此重要的表现手段，以至于如威尔逊·奈特所指出的那样，它成了莎士比亚作品的标志。在莎士比亚戏剧中，主要是与失散多年的女儿相认，其次是与妻子相认；我们在认真阅读其后期剧作时，不能不承认在莎士比亚后来的多产时期，父女主题对他来说是一个有着非常深刻象征意义的主题：潘狄塔、玛丽娜和米兰达共同拥有一种他原先笔下的女主人公所不具备的神秘的美。而福特被这种情境的戏剧和诗意效果所深深打动，然而他运用这一手法所达到的水平，则如同喜剧中的双胞胎手法一样并不高超；于是在《情人的忧郁》中他推出了两个这样的场面，一个是假扮成帕顿诺菲尔的埃罗克莉娅与她的情人佩拉德相认，另一个是她与年迈的父亲梅里安德相认（如在《佩里克利斯》中，伴以悠扬轻松的音乐）。这两个场景都写得非常成功，在第一个场景中有一个片断以舒缓而庄重的韵律写成，这是福特对那个时期素体诗发展作出的独特贡献。

分钟靠落下的沙子来计算，
正如计时沙漏；一生的时间
使我们衰老而走向坟墓，我们把它看作：
快乐的年代，在外狂欢作乐，最后
回到家，在哀伤中完结；但人生
厌倦了欢闹，计数着每粒沙子，
在悲叹中哀诉，直到最后一粒落下；
从而在长眠中结束所有不幸。

其基调和变化是如此的明确，以至于我们在福特和德克的无聊假面剧《太阳的宝贝》中看到这样的片断：

严冬最终向垂暮之年临近；
然而它仍然有新设想出来的怪念头
尚未尝试或检验，推迟着决定

的时刻，那时它将告别
一个充满厌倦和哀伤的空虚世界……

我们几乎无法怀疑作者的身份。正如上文所提到的，这些场景构思良好，语言流畅，可以说非常感人；但是恰恰是这样的场景，使我们更加确信作家如福特之流（包括鲍蒙特和弗莱彻在内）不具备与莎士比亚相比较的资格。这不仅因为他可以做到他们做不到的；而且因为他们根本不懂他所努力的是什么；他们讲的是另一种更粗糙的语言。他们的诗没有象征意义；他们写得一手好诗和好剧，但却是肤浅的诗和剧。在一个如《复仇者的悲剧》、《妇女互相提防》或《白魔》这样的剧中，存在着某种内在的重要意义；它在莎士比亚戏剧中演绎成为越来越深厚的底蕴，直至最后。在福特的作品中你却无法找到它。

于是有人提议，戏剧诗人只有使其笔下那些在情节中相互作用的人物的行动举止，在某种程度上，以不明显的形式，成为诗人心灵寻求和谐的行为或挣扎的戏剧化，他才可能塑造出有着最为强大生命力的人物。在这种意义上，福特最著名但不一定最好的剧作可能被称为"毫无意义"；我们完全有理由不喜欢他剧中的恐怖阴森，就此而言，其缺乏意义这一点为我们的憎恶提供了有力的辩护。《可惜她是个婊子》无疑是最受读者欢迎的詹姆斯时期的次要剧作之一，同时它也是最近在舞台上获得新生的唯一一部福特作品。它是除《珀金 · 沃贝克》外组织结构最出色的，而《珀金 · 沃贝克》则有点缺乏情节。对于使用兄妹乱伦作为悲剧情节来说，原则上没有异议：然而检验的标准是这位戏剧诗人能否赋予这个人性堕落的主题以普遍性的重要意义，更何况它不同于其他情形的脱离常轨，没有人会为之辩护。无人为之辩护的事实，为该题材的戏剧化提供了无伤大雅的色彩。当然，福特选择了这个来自一个意大利故事的题材，并全身心地投入其中，是值得称道的。该剧避免了使得鲍蒙特和弗莱彻合写的《是国王，又不是国王》俗不可耐，在福特自己曾写过的最糟糕的剧本《高尚与尊贵的幻想》中也至为明显、令人作呕的放荡调情；威彻利的喜剧也完全避免了这种荒淫好色。此外，福特竭尽全力以严肃认真的态度对待这一题材，在这里几乎无人可以指责他有夸张的耸人听闻之嫌。这不是那种彻底腐朽的年代可以产生的戏剧；在福特生活的年代，衰败的气象在鲍蒙特和弗莱彻的剧作中有着更清晰鲜明的显现。福特没有故意美化丑陋的事物；在坦言爱情那一幕，他笔下的安娜贝拉说道：

> 哥哥，对着我们母亲的亡灵，我告诫你，
> 无论你是欢乐还是仇恨，永远不要辜负我……

他显然在格外渲染这种恐怖氛围，他试图使你永远无法忘掉这一幕的情景；但如果他不强调这是个恐怖的故事的话，他自己将更应受到谴责。在整个剧中没有任何场景可以冠之以一些电影广告中恰如其分的术语“生动活泼的画面”。

我们也必须承认，剧中的诗法和诗歌造诣很高，例如在第五幕第五场中安娜贝拉的精彩台词：

> 哥哥，亲爱的哥哥，知道我怎么了吗，
> 你要知道在我们以及我们的困惑之间
> 现在只有一顿饭的时间了……

不要上当，我的哥哥；
这个宴会是宣布你和我
死亡的先兆；你要下定决心，
做好欢迎的准备。

最后，尽管剧中的滑稽戏不是很好，但比福特通常的作品在空间上更加有节制，与情节更加相关；而波吉托的死（“这都是我的血吗？”）可以说是很可悲的。话说得差不多了，然而这部剧还存在严重的不足需要说明。希珀莉塔这个次要情节过于冗长，而且她的死也纯属多余。更为重要的是，乔瓦尼和安娜贝拉的爱情并没有表现为由于血脉相通而导致的性情相合；它几乎没有超出纯粹的肉欲迷恋。《安东尼与克莉奥佩特拉》（正如《可惜她是个婊子》不是为乱伦行为辩护一样，《安东尼与克莉奥佩特拉》也不是为通奸行为辩解）使我们深深地感觉到在两个人相互之间超强的吸引力，它不仅表现在对传统道德观念的蔑视，也表现在无私忘我上：这样的吸引力像《特里斯坦与伊索尔德》中爱情药酒主题所表明的那样具有致命的魔力。我们清楚地看到安东尼和克莉奥佩特拉何以意趣相投，而且，随着剧情的发展，我们看到他们的感情越来越认真。但是乔瓦尼只不过就是个任性自私的人，越不可能得到某样东西就越想得到；安娜贝拉则是柔弱顺从、游移而消极的：一个差不多是以自我为中心的怪物，另一个是名副其实的道德上有缺陷的人。她对自己凶暴丈夫的反抗地奚落表现得很自然真实，并且引起一定的同情；但是索兰佐本身就不是好人的事实，并不能减轻她存心毁掉他的罪行。简而言之，这部剧不具备普遍的深刻意义和感情内涵（对于这两个走到一起的人来说），没有这一点作支撑，他们这样的行为是没有任何道理的；而这一缺陷使该剧完全不同于韦伯斯特、米德尔顿以及图尔纳最优秀的剧作。

然而，还有两部胜过《可惜她是个婊子》的剧作。第一部是《破碎的心》，同《可惜她是个婊子》和《情人的忧郁》一样，在这部剧中我们也可以找到一些精美的“诗歌”片段。《破碎的心》中一些最为精彩的台词是借心神错乱的潘蒂娅之口道出的；这使我们想到《得救的威尼斯》[①]中通过一个发狂的妇女说出的另一段美妙语言，我们不禁作出这样的结论：次要的戏剧诗人更容易在给一个疯狂的人物写台词时作出好诗来，因为在这样的片段中他较少受到适度中肯和平常意义的束缚。这种风马牛不相及、不知所云的台词：

记得，
当我们在花园里最后一次采玫瑰，
我找到了理智；而你却真的丧失了。

可能是在所有福特作品中最地道的诗歌；但是此前更加著名的更长片段也发挥出了很高的水平：

当然，假如我们是塞壬，那么我们应该怀着同情吟唱，
那将会是很得体的音乐，因为在某种程度上
歌声预示着另一个人的死亡：海龟哀叹
因为他失去了伴侣；然而有人说

① *Venice Preserved*，英国王政复辟时期剧作家托马斯·奥特韦（Thomas Otway, 1652—1685）的作品。

他必定会先死：在睡梦中死去，
是一个好骗局；的确，我在熟睡时
眼睛还大大地睁了好一会。任何欺骗
抵不上背弃信义；在我的头上没有
一根头发，却像有一只铅锤，
将我沉入坟墓：我必须向那里匍匐前进；
旅途并不漫长。

然而，上述两个片段之间存在着类别而非程度上的区别：第一个是真正的诗，第二个是对一种其他戏剧诗人曾经捕捉并更为成功地再现出的感情基调的回声。然而它却展示出福特素体诗独特的个性化韵律，如此的韵律不会是其他任何人的，只能是他一个人的，它使得福特真正确立了不朽的文学地位。

至于这部剧本身，不幸人物的纷繁事件使得情节有点负担过重且精力分散，所有这些人物都要求我们给予同等的关注；福特号召我们一会儿同情彭忒亚，一会儿同情卡兰塔，一会儿同情俄耳癸罗斯，一会儿同情伊托克勒斯，使我们的同情心和恐怖感疲于奔命；同时这种使人物俄耳癸罗斯和伊托克勒斯集善恶为一身的情节设计，与其说使得他们更富有人性，不如说使得他们更加不值得同情。卡兰塔在盛大的宴会上连续被告知自己的父亲、好友彭忒亚和未婚夫的死讯的情景以及之后在神殿中的场景，舞台效果一定不错；其风格高尚严肃，而且贯穿始终。该剧的结局几乎无愧于查尔斯·兰姆的过度称赞；但在较晚的评论家眼里，它更像是塞内加感情基调的重奏：

它们是割断了心弦的无声的悲哀

让我微笑着死去吧。

而不像是对人类心灵的深入探索。该剧最成功之处，也是福特最完美的表现，在于彭忒亚这个人物及有关她的情节，这位贵族女性在与自己的心上人订婚后，被从他的身边夺走，嫁给另一位求婚者以满足她哥哥的野心。甚至在此处，福特也错过机会，表现出品位的偏差，因为他竟然让她所不中意的丈夫巴萨涅斯成了一个俗不可耐、嫉妒心强的年老而有喜剧色彩的人物；彭忒亚这个人物理应得到，而且确实需要一个更体面、更有情趣的陪衬角色。我们的注意力又从她的不幸婚姻转移到她昔日恋人的自私自利的仇恨上，他在自己的幸福被无情地剥夺之后，决心让所有人都不幸。另一方面，虽然彭忒亚的哥哥伊托克勒斯酿成了她一生的不幸，但为了哥哥的幸福，她还是到他所钟情的公主卡兰塔那里作说客，她的宽容善良博得了我们所有的同情。自始至终，她都是一个有品格的、始终如一的、可亲可敬的人物；彭忒亚和《珀金 · 沃贝克》中的凯瑟琳 · 戈登小姐是福特笔下所有人物中最值得人们铭记的。

很少有人读过《珀金 · 沃贝克》，而且不同于其他剧作，这部剧中没有名言警句和精彩片断让人们读后难忘；但是不容置疑，它是福特的最高成就，是在整个伊丽莎白和詹姆斯时期戏剧作品中除莎士比亚戏剧之外最优秀的历史剧之一。要把一个出身低微而觊觎王位的骗子写成一位尊贵的英雄人物，这绝非轻而易举就可以办到的；在读过了福特的其他作品之后，我们也不会认为这是福特可以胜任的；但这一次他却没有在品位或判断上出现任何偏差。他笔下的沃贝克坚信自己就是英格兰王位的合法继承人，是王室的血统使他有这种坚定不移的王者之举，还是王室血统只不过是他一厢情愿的狂热信念，在不确定的追问中，我们自己甚至也几乎相信了他的身份。更为引人注目的是，福特不仅成功地在众多黯淡的人物中塑造了一个像彭忒亚一样出色的真实人物，而且还在人物角色之间成功地安排了适当的陪衬和适当的对照。甚至在剧终，更早的觊觎王位者、心甘情愿充当了国王（亨利七世）手下卑微的养猎鹰者的兰伯特·西姆内尔，被带来请求珀金接受类似命运，这个场景不会降低珀金，而只会有助于突出这位英雄的高贵和坚贞不屈。把历史上臭名昭著的冒名顶替者变成英雄人物，这并非福特唯一的难题和成就。苏格兰国王为了表明自己的忠诚，并且加大对珀金·沃贝克夺取英格兰王位的支持力度，毅然把自己的亲侄女凯瑟琳·戈登小姐嫁给他为妻，对此凯瑟琳·戈登小姐的父亲本来是极力反对的。要把这样一位如此唐突地嫁给了一个前途如此渺茫的陌生人的高贵小姐，塑造成一位不仅忠诚而且恩爱有加的妻子，其难度可想而知；但是福特却成功地做到了。她的钦慕者，苏格兰的戴利埃尔勋爵这个人物的引入，并不影响这种效果，因为剧中的凯瑟琳从未对他的爱慕之心做出过酬答。戴利埃尔的存在，只是在提醒我们，如果没有沃贝克的出现以及苏格兰国王的突发奇想，凯瑟琳本可以在自己的国家拥有一份幸福而且门第相当的婚姻；在整个情节中他对她所表现出的感人的忠诚，只是更加完美地展现了她自己对丈夫的忠贞不渝。这一次福特成功地做出了一个难度极大的尝试；这部关于珀金·沃贝克的戏剧几乎是无可挑剔的。

在福特的其他剧作中，《爱情的牺牲》被选入“美人鱼”精选本而得到重印。该剧的某些场景写得很出色，但整部剧作还是由于福特常常犯下的诸多过失而受到了损害。在所有的版本中，可以找得到的有莫克森本，其中附有哈特利·柯勒律治[①]（介绍福特和马辛杰）的引言；此外还有鲁汶大学出版的四开版本，第一卷由已故班教授编订，第二卷（一九二七年）由德·沃克特教授编订，福特独立创作的其他剧作都没有收录。如今我们很难赞同兰姆的说法，“福特属于第一流的诗人”，也不敢苟同哈夫洛克·埃利斯先生将福特视为现代人和心理学家的思路（他在“美人鱼”版精彩绝伦的序言中提到）。埃利斯先生断言，相较于莎士比亚，福特更接近司汤达和福楼拜。相反，福特依傍莎士比亚；要说相较于福特，莎士比亚更接近于司汤达和福楼拜，这样似乎更为合适。在这一点上，我们需要做一个重要的区分。司汤达和福楼拜，另外还可以加上巴尔扎克，他们是对处于特定社会阶段的个人心灵进行分析的专家；在他们的作品中可以找到分量相当的社会学和个人心理学方面的内容。的确，两者是一个事物的两个方面；从司汤达到普鲁斯特，这些法国小说大师记述了法国上层资产阶级从兴起到确立政权再走向衰落的过程。在伊丽莎白和詹姆斯时期戏剧中，甚至在康格里夫和威彻利的喜剧中，除了记录了市民家庭的兴起以及他们联合贫困贵族获得乡村地产以外，几乎没有对那个时代的特定社会做出任何分析。甚至城市的兴起在《向东方去》和《米迦勒节期》中也没有引起重视，只是作为一个时代的怪癖来对待，而不是把它当作社会衰退和变化的征兆。确实正是这种“世界变动”意识和那个时代特定的腐败和弊端意识的缺乏，使伊丽莎白和詹姆斯时期的剧作家们受到了祝福。我

① Hartley Coleridge（1796—1849），英国诗人，著名诗人塞缪尔·泰勒·柯勒律治之子。

们认为他们信仰自己的时代，其信仰的方式是任何十九、二十世纪最为严肃的作家所无法企及的。在接受自己时代的前提下，他们能够做的是各尽所能地全神贯注于所有时代共同的人性特征，而不是不同时代的区别。我们在研究这些剧作家的过程中，可能要对他们的时代做出局部的批评，但他们自己不会做出如此批评。在全部莎士比亚作品中，我们可以读到在诗歌体裁中所做出的对人性最深刻同时也的确最清醒的研究；但事实上它是如此错综复杂，以至于我们无法界定它作为一个整体究竟是愉悦还是哀伤。在他同时代次要剧作家身上我们也看到了同样的对永恒的假设。但丁如此，伟大的古希腊剧作家亦是如此。在动荡多变的历史时期，我们却看不到这一点：卢奇安[①]和佩特罗尼乌斯眼中的世界是变幻不定的。在以莎士比亚为至高无上的这类研究分析中，其他伊丽莎白和詹姆斯时期的剧作家与他的区别只是体现在深度和广度上。

我们做出上述评论的目的，不在于对十九世纪最伟大的小说的终极价值或不朽性表示怀疑。但是对于莎士比亚生活的时代及他逝世后其影响仍然存在的时代，我们的衡量标准一定是他的作品，是他的作品整体。他的作品整体是一首诗；最为重要的是在这个意义上它所蕴含的诗意，而不是孤立的诗行、片断或他所塑造的单个人物所蕴藏的诗意。假定一个人可能会创作出任意数量的优美片断，或者甚至是令人满意的完整诗篇，他仍然不是一位伟大的诗人，除非我们感到它们都被一种有重要意义、连贯性的、不断发展的个性品质所统摄。在他的同时代人中，莎士比亚完全符合上述条件；仅次于他的是马洛。琼

① Lucian（约 120—180），古希腊修辞学家、讽刺作家。

森和查普曼具备连贯性，但其重要意义的发展程度却低得多；米德尔顿和韦伯斯特的地位低于这些人；《复仇者的悲剧》的作者，不管我们说是图尔纳还是米德尔顿还是别的人，他实现了在单个剧作的有限范围内一切可能实现的价值。但是在所有这些剧作家的作品中都有诗的本质和诗的外观；它们提供了个人情感、个人戏剧性事件和奋斗的格调（或者也可称为基调），而这些是任何不论多么详尽与深入的传记都不能给予我们的；我们只有亲历这些剧作本身才能得到。福特以及弗莱彻创作了足够多的戏剧，但我们发现其中并没有本质的诗。福特的诗，连同鲍蒙特和弗莱彻的诗，是表面化的诗：也就是说，只是依傍更伟大的诗人所积累的丰富情感表达资源的结果。在剧作家如福特、鲍蒙特、弗莱彻、雪利、晚些时候的奥特韦，以及时代更晚的雪莱作品中正是意图——假如我们可以用“意图”一词来表示比公式化意图更深刻的内容——的缺席导致了他们的戏剧倾向于单纯的夸张手法。依据特定的历史角度来考虑这个问题，我们会找到多种原因。但是福特作为戏剧诗人，作为戏剧素体诗作家，具有一种本领保证了他拥有比鲍蒙特和弗莱彻更崇高的地位；这是一种任何诗人都会妒忌的本领。在英国诗歌史上，素体诗的节奏与音调多不胜数；福特虽然有点断断续续，却能以个性化的方式驾驭素体诗中的语序。

吴学鲁　佟艳光　译

菲利普·马辛杰

一

马辛杰比他同时代一些更伟大的戏剧家更幸运，与他们相比，他得到了更为公允的评价。已经有三位评论家各尽所能地阐释过他：柯勒律治的札记展现了柯勒律治零散而精妙的见解；莱斯利·斯蒂芬的文章是一篇可怕的毁灭性的分析论文；斯温伯恩的文章代表着斯温伯恩的批评发挥到了极致的水平。也许他们中没有一个人将马辛杰最终放到一个不容辩驳的地位。

英国的批评倾向于辩论或说服而不是陈述说明；这些评论家不是迫使对象去进行自我揭示，而是在他们的作品中留下他们个人良好品位的化不掉的残渣，无论其品位多么无可挑剔，终归还是某种强求我们去信仰的东西。而对于赋予其品位生命力的原理却只字不提。克鲁克香克教士的书[①]是部学术著作；而优秀的学术著作的长处在于，它呈现给我们证据，邀请读者一道去评判：它所给与的是一种方法而不是一种判断。

以事实本身来进行归纳概括是很难的，可能是批评中难度最大的事；但是克鲁克香克先生至少呈现给我们本身可以归纳概括的事实。这是很有价值的工作；因此当我们说他的附录和他的文章一样是很有价值的，这完全是对作者的称赞。

克鲁克香克先生所致力于从事的艰苦工作，应该是专业评论家更愿意去做的事情。它是批评的一个重要组成部分，比任何干巴巴的观点表达更为重要。要理解伊丽莎白时代的戏剧，就必须对十几个剧作家同时研究，仔细地研究错综复杂的发展过程，对合作创作的剧本的研究要精确到每一句台词。阅读莎士比亚以及他同时代多位作家的作品确实是件乐事，大多数情况下，可以说是其乐无穷的。但是如果我们希望能通过理解作品，来使这种乐趣尽善尽美并加以提炼，提取它每一分精华，全力压榨出每位作者的精粹，对我们自己的感觉进行精确的衡量，接下来我们就必须进行比较研究；而且假如不理清作者及影响等纷繁的线索，我们也无法比较。我们必须充分利用克鲁克香克先生的批评意见：这可能是他所奉献的最重要的批评：

> 具有编剧才能的马辛杰灵活地运用音律韵步，渴望在伦理道德领域充分考察恶行与美德，他是一个时代的典型剧作家，这个时代虽然有着丰富的文化，但是缺乏道德力量，尽管还不至于腐朽堕落。

这事实上就是我们要解读的文本：阐明了这个句子就是对马辛杰提供了解释。对马辛杰是个次要作家的认识，使我们可以凭借良好品位有一个模糊的开端：我们能否追踪这个次要性，化解它，并找到一些价值要素？

首先，让我们看看克鲁克香克先生为了说明马辛杰对莎士

① 《菲利普 · 马辛杰》，阿 · 汉 · 克鲁克香克（A. H. Cruickshank，1862—1927）著，牛津，布莱克威尔出版社，1920 年。——原注

比亚的借鉴，从马辛杰和莎士比亚的作品中抽出的对应引文。一位诗人借鉴他人的方式可以作为确定无误的检验手段之一。不成熟的诗人生吞活剥；成熟的诗人暗度陈仓；蹩脚的诗人东施效颦，而优秀的诗人则点铁成金，或者至少会使它别具情趣。优秀的诗人把他偷师之技熔入一种全然独特的情感中，使之面貌一新；蹩脚的诗人则只会生搬硬套。优秀的诗人通常会向时代久远、语言不同、趣味迥异的作者学习借鉴。查普曼借鉴塞内加；莎士比亚和韦伯斯特借鉴蒙田。莎士比亚的两个伟大的追随者韦伯斯特和图尔纳，在他们成熟的作品中并不向他借鉴；他和他们太为接近，因而不能以这种方式为他们派上用场。如克鲁克香克先生所示，马辛杰却大量地借鉴莎士比亚。让我们利用一下他提供给我们的一些相关引文：

马辛杰：

> Can I call back yesterday, with all their aids
> That bow into my sceptre? or restore
> My mind to that tranquillity and peace
> It then enjoyed?
>
> 我的昨日可否重现，人人把我拥戴，
> 一切都向王权低头？我的心境
> 能否回复到那时所享有的那片
> 宁静与祥和？

莎士比亚：

> Not poppy，nor mandragora，
> Nor all the drowsy syrops of the World
> Shall ever medicine thee to that sweet sleep
> Which thou owedst yesterday.

> 无论罂粟，还是曼陀罗草，
> 还是世界上所有的催眠药浆
> 都无法以其药力使你重新拥有
> 昨日的甜美睡眠。

出自马辛杰的引文是个一般性的反问，语言贴切而纯正，但却单调乏味。选自莎士比亚的引文则具有特殊的影响力；此外，形容词“drowsy”（催眠的）和动词“medicine”（给……用药）为表述注入一股十足的活力。从马辛杰这方面来说，这不能算做模仿或最低劣的剽窃，只能是一个回声，因为它是最不自觉地一种形式的借鉴。“drowsy syrop”（催眠药浆）这种浓缩语义的手法，在莎士比亚的作品中非常常见，但在马辛杰作品中却是极为罕见的。

马辛杰：

> Thou didst not borrow of Vice her indirect，
> Crooked，and abject means.

你没有借鉴丑角学习她不磊落的，
欺诈的，卑劣的手段。

莎士比亚：

God knows, my son,
By what by-paths and indirect crook'd ways
I met this crown.

上帝知道，我的儿，
是通过怎样的旁门左道和不磊落的弯曲行径
我才如愿以偿地获得这顶王冠。

在这里马辛杰再次提供了普通意义上法庭辩论似的陈述，莎士比亚则展示一个独特的形象。“indirect crook'd”（不磊落的弯曲的）在莎士比亚的行文中是强有力的表达；而在马辛杰那里却只是冗长的赘辞。“Crook'd ways”（弯曲行径）是个暗喻修辞；马辛杰的措辞中暗喻的意味已经是微乎其微了。

马辛杰：

And now, in the evening,
When thou should'st pass with honour to thy rest,
Wilt thou fall like a meteor?

此时，夜幕降临，

当你载誉离去，永远安息之际，
你是否会像流星一般陨落？

莎士比亚：

I shall fall
Like a bright exhalation in the evening,
And no man see me more.

我会像夜幕中一道明亮的流星
陨落，
不再有人看到我。

此处马辛杰的诗句自有一番动人的魅力。仍旧是“bright exhalation”（一道明亮的流星）令人感觉如在眼前，在夜幕之下令我们屏息凝神；“meteor”只是个暗淡无光的明喻，这个词太陈旧了。

马辛杰：

你所交付给我的一切将被锁在
牢固的箱柜中，钥匙交由你自己
来保存。

莎士比亚：

它牢牢地锁在了我的记忆中，
你自己来保存开启它的钥匙。

在前一个片段中，马辛杰窒息了他的明喻，这一次他把它拖在身后绕了天大的一圈；而莎士比亚的比喻却是敏捷迅速的。我们可以再增加两个片段，这一回不是引自我们的评论家克鲁克香克先生的节选了；这里被模仿的榜样是韦伯斯特。这两个片段出现在同一页，不加掩饰地供认不讳。

他来了，
鼻子高高翘起；他预感到有什么事情要发生，

根本比不上韦伯斯特的“红衣主教抬起鼻子，像一只难看的海豚预感到暴风雨的来临”，而且当我们发现：

正如晒得黝黑的划船的奴隶
拼命使自己摆脱桨手的命运

已无需再引述《马尔菲公爵夫人》中伟大的诗句了。马辛杰非常喜爱这个划船奴隶的意象，他在《奴隶》中再次提到桨手：

划船的奴隶从未挣脱他身上的锁链，
也从未把摆脱桨手命运看作……

这些都是成熟的戏剧；《罗马演员》（之前的两个片段出自该剧）据说是其作者的得意之作。

我们从这些引文可以直接得出结论，马辛杰对语言的感觉已经超出了他对事物本身的感觉；他的眼睛与他的语汇无法协调一致；数位早于他的同时代人，我们可以列举出来的有米德尔顿、韦伯斯特及图尔纳等，和他最大的区别之一是，他们具有一种天赋，可以将两个或更多不同的印象结合起来并熔合成一个单个的短语。

……在她优雅而有力的最后挣扎中

这是出自莎士比亚之手的一个熔合而成的表达；暗喻与它所指的事物合二为一；由此而产生的合成物是独特的整体。

春蚕会耗光自己发黄的劳力吗？……
为何那人不择手段
而把他的性命置于法官的唇间
要美化如此之事——需要骑兵和战马
为她而战胜自己的勇气？

让随处可见的污水管道把它彻底带走……
贪欲和健忘一直生活在我们中间……

图尔纳和米德尔顿写成的这些台词显示了他们对语言所做的稍微而永恒的改动，词语永久地共存于全新而意外的结合体中，意义永久性地 eingeschachtelt[①] 在一起，这见证着语感的一个高

① 德语，嵌套。

度发展，一个英语语言上我们可能永远无法匹敌的巨大发展。的确，随着查普曼、米德尔顿、韦伯斯特、图尔纳和多恩创作生涯的结束，我们结束了才智直接表现为丰富的语感的时期。感觉成为语言，而语言即是感觉。之后的时期是弥尔顿的时期（尽管马韦尔[①]也活跃于这个时期）；而这个时期恰恰肇始于马辛杰。

并不是因为语言变得不再准确明晰。我们可以用十足赞叹的口吻说，马辛杰的语言是优秀的、正确的。语感的衰微和语言的进一步复杂化是一致的。但是语言的每一个重要发展也是情感的发展。莎士比亚和主要的莎氏风格剧作家的诗体是这种类型的一次革新，一次真正的物种突变。马辛杰的诗体不同于他的前辈，但它不是基于或者源于一种新的情感方式而出现的发展。与之相反，它似乎要引导我们完全脱离情感。

我们认为在马辛杰被看作一个时期终结的同时，也一定要被看作另一个时期的开端。克鲁克香克先生引用某位名叫博伊尔的学者，说弥尔顿的素体诗很大程度上得力于对马辛杰的研究。

> （博伊尔说）在构成一首诗的音乐的不确定的格调方面，在休止符的艺术分布状态方面，在准确无误地筛选并组合那些在听觉上给人留下完美和谐印象的词语方面，如果我们不把西里尔·图尔纳的《无神论者的悲剧》算在内的话，在戏剧领域只有两人堪称大师，即处于其创作生涯末期的莎士比亚和马辛杰。

---

① Andrews Marvell（1621—1678），英国玄学派诗人。

这位博伊尔一定有着非凡的音乐鉴赏力，使他更加青睐图尔纳的第二部作品，而非《复仇者的悲剧》，而且一定有人会认为他从未读过福特作品。虽然这样的评价很滑稽可笑，但是如此的赞誉也并不过分。克鲁克香克先生向我们提供了一个关于马辛杰句法的优秀范例。

法官大人，
在父亲当时的情况被证实之前，
可否考虑因为当时他尚未服役，
那天与他毫无干系，
而使他免于法律责任以及
您的判决的繁文缛节？
抑或因为他曾参加那三次
令人记忆犹深的颠覆战争，
在格兰森，莫拉特和南锡，他的长官，
尚武的查拉罗伊斯，给了我这个名字的
不幸的父亲，失去了财富、将士和生命，
他报效国家的热情迫使他承担了战争的费用
（他的祖产已全部捐出），将要被免去
偿还那些债务的责任。①

不容否认，这个片段的组织结构是非常精巧的；可能当今的诗人无人可以写出这样的片段。其新颖别致亦不容否认。语言完美和准确，没有混乱不清的问题。马辛杰没有使多个暗喻搅作

① 引自马辛杰《致命的嫁妆》（*The Fatal Dowry*）第 1 幕，第 2 场。

一团，或者胡乱堆砌。他的作品不是很好懂，但清楚明晰。但是假如马辛杰的时代，“缺乏道德力量，尽管还不至于腐朽堕落”。那么马辛杰的诗尽管还不至于腐朽堕落，却以其理智方面的贫乏而痛苦不堪。要是说错综复杂的风格一定就是糟糕的风格，可能十分荒谬。但是如此的风格应该遵循一个错综复杂的感知、记录以及整理复杂难懂的印象的模式。值得担忧的是，马辛杰的情感趋于简单，而被认为标准的思想使之窒息。如果马辛杰具有像米德尔顿、图尔纳、韦伯斯特或者福特那样优雅的神经系统，他的风格将会取得巨大的成功。但是如此的天性并不具备，马辛杰作为先导，没有引出另一个莎士比亚，却带来了弥尔顿。

事实上，相对于另一位弥尔顿的先驱者约翰·弗莱彻，马辛杰与莎士比亚的距离更为疏远。弗莱彻首先是个机会主义者，在他的诗中，在他取得的瞬间效果上，从来没有模仿各种不同的风格；为了单个的场景，在结构上他会不惜一切代价。就弗莱彻而言，因为他更有头脑，所以他就更不可原谅。弗莱彻巧于猜测情感，并背叛情感；马辛杰则浑然不觉，一无所知。作为剧院的编剧，他的技艺并不比弗莱彻逊色，他最优秀的悲剧具有比《邦杜卡》更为地道的统一性。但这种统一是肤浅的。《罗马演员》中各部分的展开丝毫不与中心主题相称；在《不自然的战斗》中，尽管他娴熟巧妙地处理悬念并能够从高潮很快转入到又一个新的悬念，但是该剧第一部分是梅尔福特对儿子的憎恶，第二部分却是他对女儿的热爱。将这两部分统一起来的是戏剧技巧，而不是调解情感的艺术良心。在《米兰公爵》中，斯福查出现在他的征服者的宫廷这一场景，只是延缓了剧情，或者更确切地说，打断了情感节奏。我们列举了马辛杰的三部最好的作品。

一位剧作家如此娴熟地把根本没有理由在一起的各部分拼接起来，把如此难以统一的材料构造成如此精编细织的戏剧，我们可能会期待他在人物方面表现出同样的综合手段。克鲁克香克、柯勒律治和莱斯利·斯蒂芬先生非常一致地认为，马辛杰并不擅长人物塑造。事实上，你可以把不同类别的各部分拼在一起形成一部生动的戏剧；但是栩栩如生的人物须从某种情感统一性中构思而来。一个人物不是由对人性分散的观察组成，而是由在情感上密不可分的各部分组成。尽管马辛杰在创作感动人心的人物上的失败和他在创作完整戏剧上的失败一样并不很显著，并且很可能源自同样的敏感方面的缺陷，但是人物创作上的失败却更引人注目，更有灾难性。“逼真”的人物不必“真实如生活”。不管他相对于我们了解的人性来说真实与否，他是一个我们眼睛看得到，耳朵听得到的人。人物的创造者所需要的敏感性要多于他对动机的了解；剧作家不必理解人，但是他必须能够特别地意识到他们。这种意识是马辛杰所缺乏的。他继承了传统的品行观念，女性的贞洁观，婚姻的圣洁观以及荣誉风尚，但并没有从自己的经历出发对这些传统观念有任何批评或充实。在年代较早的戏剧中，这些传统只不过是一个框架，或者说是用于制造金属的一种必要的合金；该金属本身由不可避免地产生于环境的各种独特的情感组成，因此它不可避免地以具备化合物的属性而存在。例如米德尔顿在《傻子》中的女主人公发出这样著名的惊呼：

> Why, 'tis impossible thou canst be so wicked,
> To shelter such a cunning cruelty

To make his death the murderer of my honour!

哎哟，你怎么可能如此歹毒，
怎么会如此包藏祸心，
居然让他的死也谋杀掉我的贞操。

在这样的情景中，“honour”（贞操）一词已经过时了，但是比阿特丽斯在那一刻那种情形之下的情绪，如人类本性中任何东西一样是永恒的、本质的。在第五幕中，奥赛罗的情感是一个男人在发现自己灵魂中最坏的部分被更聪明的人利用时的情感；而作者高度渲染的正是这样的情感。甚至在像福特所写的那样较晚时期的、已呈颓势的戏剧中，其时代情感和道德观念的框架也只是充当了媒介来陈述独特而永不消逝的情感：它是福特的情感，而且只属于福特。

在马辛杰作品中被认为是道德观念的败坏或颓废的，不是他对道德观念的改变或降低，而仅仅是这种道德观念所支持并借以推出一种秩序的所有个人真实情感的消失。情感一消失，摆布它的道德观念就显得很丑恶了。清教徒主义本身只是在把它所抑制的情感扼杀掉以后而独存于世才显得令人厌恶。当马辛杰笔下的女士们抵抗诱惑时，她们看起来没有经历任何重大的情感波动；她们只是知道她们应该怎样做；她们向我们表明自己是假作正经的荡妇。任何时代都有它的传统；当任何时代的传统落入一个像马辛杰这样的文学资质极高而想象力极其龌龊的人手中时，任何时代都会看起来荒唐可笑。伊丽莎白时代的道德观念是一个重要的传统；重要是因为它不是只自觉地属于一个社会阶级，因为它提供了一个所有阶级的人都可以做出响应的情感框架，它不妨碍任何情感的表达。它不伪善，它不抑制；它黑暗的角落常有玛丽·菲顿[①]和可能更伟大的鬼魂出没。它是个还没有得到充分研究的课题。弗莱彻和马辛杰把它表现得荒谬可笑；不是因为他们不相信它，而是因为他们是有着伟大天才却无法生动表现它的人；因为他们无法在它这个框架中置入充满激情的、完全人性的人物。

马辛杰的悲剧是令人感兴趣的，其主要原因在上文已予解释：最精湛的语言表达与处于最初发展阶段的思想理性协调一致。马辛杰在非悲剧类作品中成就更大，比如传奇喜剧。《一个真正的女人》无愧于有着近乎准确无误的甄选眼光的斯温伯恩给予的大量的溢美之词。弗莱彻可能与他合作完成了这部剧，其合作产生了最幸运的结果；显然，在妙不可言的喜剧人物——醉酒的博拉基亚的处理上运用了更多的幽默手法，这通常不是马辛杰的风格。在舞台上，这部剧应该是很令人愉快的。然而，这种浪漫喜剧的形式本身却是低劣而颓废的。在诗剧中存在一种不可改变的规则，那决不是古典主义、新古典主义或伪古典主义的法则。它可以发展自己的形式，使之迥然不同于希腊、英国、印度或日本诗剧。尽管传奇剧被给予了极大的自由，它仍然是一种低劣的艺术形式。诗剧中的情感可以是任意的，但是必须要有情感上的统一。它必须有一个统摄性的思想基调；如果这个思想情感足够强大的话，最不一致的情感也会起到加强它的作用。传奇喜剧是对不协调的情感进行娴熟调和的产物，是一种情感滑稽剧。《一个真正的女人》的情节结

① Mary Fitton（1578—1647），英国女王伊丽莎白一世的侍从宫女。有人认为她就是莎士比亚十四行诗中的“黑夫人”。

构卓尔不群。传奇剧的衰弱不是由放纵的情景、荒谬的事件或不可思议的巧合决定的；所有这些元素也可以出现在严肃的悲剧或喜剧中。这种衰弱源于情感内在的无凝聚性，一系列无意义的情感串联在一处。

该类型的戏剧，具有最明显的情感无秩序的特点，必然会被历史所淘汰。向已丧失生命力的形式简单地注入新的内容并不能带来改变。传奇剧并非新的形式。马辛杰把更多的精力用于处理关于情感的社会抽象概念，而不是用于处理情感，情感的社会抽象概念更为一般化，因而可以更快、更容易地在单个情节的范围内相互转变。他并不受通过神经系统进行的直接交流的引导。传奇剧相应地倾向于人们常称的“典型性”，但它并非具有真正意义上的典型性；因为剧中的典型人物总是某个特殊化的个人。传奇剧的如此倾向，使它的形式向着不断摆脱更显著的缺陷并逐渐具有更加严格的外部秩序而发展。这个形式就是英雄剧。我们在德莱顿的《论英雄剧》一文中看到“爱情和勇气应该成为英雄诗的主题”。马辛杰在摧毁旧戏剧的过程中为德莱顿铺平了道路。这位才华横溢的剧作家可能对常规手法已经使用殆尽，发现它们无法填补情感贫瘠所留下的空白。

以上是根据克鲁克香克先生的论断，即马辛杰的时代“虽然有着丰富的文化，但是缺乏道德力量，尽管还不至于腐朽堕落”。对马辛杰的一些戏剧加以考察而引起的思考。他的论断得到了证实。为了在我们对马辛杰做出的评价中加入两部绝妙的喜剧《偿还旧债的新方法》和《城市太太》，我们还是需要进行更深入的研究，尽管我们能力有限。

二

马辛杰的悲剧可能会被尚未准备好的读者概括为非常沉闷。除非一个人在某种程度上对他更为活跃的同时代人进行了广泛的了解而做了充分的准备，从而可以不费力气地准确抓住他的悲剧中能够愉悦读者的要素；或者除非一个人受到了对诗法的古怪兴趣的鼓动，否则，它一定是沉闷的。然而，在喜剧方面，马辛杰是为数甚少的语言大师。他是严肃甚至阴沉喜剧的大师；从某个方面来说，只有两个名字可以与他并提：马洛和琼森。事实上，人们在喜剧领域发现和运用了比悲剧领域更为多样的方法。基德的方法，经莎士比亚的发展，沿袭到奥特韦再到雪莱，一直是英国悲剧的标准方法。不同的个人性情以及变幻的时代对喜剧的作用效果更显著。黎里的喜剧独树一帜，莎士比亚的喜剧，得到鲍蒙特和弗莱彻的效仿，又是一派；米德尔顿的喜剧亦自成一家。而马辛杰的喜剧在风格独具的同时，在众家之中与马洛和琼森更为接近。

事实上，马辛杰作为喜剧作家，他的幸运在于他的创作所处的历史阶段。他的喜剧是承上启下的；但它碰巧是这样一种承上启下，它的某些优点既不为前辈所拥有，也没有后来的作家加以改进。琼森的喜剧近乎滑稽模仿；米德尔顿的喜剧更近于对底层生活的生动描绘。马辛杰的喜剧比较接近复辟时期的喜剧，在以呈现某个特定社会阶层、特定的阶级差别作为他的喜剧基本条件方面，他更像他的同时代人雪利。这个与后来喜剧相似的特点，也正是马辛杰区别于早期喜剧的重点所在。但是马辛杰的喜剧同风俗喜剧也有同样巨大的差别；他的传奇剧《一个真正的女人》比《偿还旧债的新方法》更加接近风俗喜剧；在他的喜剧中，他的兴趣不在于表现示爱的愚蠢或社会伪装的荒唐，而在于揭露恶行。正如莫里哀的旧喜剧在原则上不同于马里沃的新喜剧一样，马辛杰的旧喜剧也不同于他的同时代人雪利的新喜剧。正如在法国越是荒唐的喜剧就越是严肃的喜剧一样，在英国也是如此。马辛杰笔下著名的喜剧无赖贾尔斯·奥弗里奇爵士和卢克·弗鲁格尔是包括巴拉巴斯和艾匹克·马蒙[①]在内的英国大家庭的成员，滕贝利·克拉姆齐爵士[②]亦是这个大家庭的传人。

大体上马辛杰与马洛、琼森二者的区别在于地位上的次要。这两位剧作家最著名的喜剧人物与莎士比亚最优秀的喜剧人物相比显得十分渺小。福斯塔夫是个有立体感的人物形象，而艾匹克·马蒙只是一个平面上的形象。但是如此的渺小与琼森所从事的艺术本质是密不可分的，它不如莎士比亚的艺术伟大。而相对于琼森，马辛杰所表现的低劣，不是一种类型的艺术较另一种类型艺术的低劣，而是在琼森类型之内的低劣。它是单纯意义上的不足。马洛和琼森的喜剧表达他们对生活的看法；像伟大的文学一样，他们的喜剧完成了个性品质向个性化艺术品——他们一生的作品（不论他们的一生长短与否）的转化。马辛杰不仅仅是个较为次要的人物：他的个性几乎不存在。他没有像莎士比亚、马洛和琼森那样建立起个性化的艺术世界。

在雷米·德·古尔蒙的《风格的问题》一书关于福楼拜的

---

① Barabas，本·琼森戏剧《狐狸》中的人物。Sir Epicure Mammon，本·琼森戏剧《炼金术士》中的人物。

② Sir Tunbelly Clumsy，英国喜剧作家范布勒（Sir John Vanbrugh，1664—1726）的戏剧《故态复萌》（*The Relapse*）和英国剧作家谢里丹（Richard Brinsley Sheridan，1751—1816）的作品《斯卡伯勒之行》（*A Trip to Scarborough*）中的人物。

几页精彩文字中，这位伟大评论家郑重宣布：

> 人生就是一个清除整理的过程。人类特有的活动目标是净化他的人格，洗刷所有缺乏教养的污点，除掉我们身上留下的青少年时期赞赏对象的印迹。

再有：

> 福楼拜把他所有的感受都融入到他的全部作品中……在他的书中，他倾注了自己点点滴滴的感受，直到最后。一旦离开他的书，福楼拜只是个极其乏味的人。

我们可以说，莎士比亚、琼森、马洛（以及济慈在他短暂的一生）都“倾注了自己点点滴滴的感受”，其中莎士比亚尤为显著，琼森次之；在英国可以让我们这样评价的作家并不多，因而虽然英国产生了众多的天才，比较而言艺术作品却寥寥无几。当然马辛杰不在其列，作为才华横溢的技巧大师，从深层意义上讲他不能算作艺术家。如果事实如此的话，那么我们就要考察研究他何以能够写出两部伟大的喜剧。我们也许不得不得出这样的结论，即它们中大部分的优点，某种程度上都应该被界定为幸运的偶然；因此，不论它们多么引人注目，它们决不是完美的艺术作品。

莱斯利·斯蒂芬针对马辛杰揭示无赖人物运用的方法，所提出的反对意见是非常中肯的；但是我倾向于认为这种中肯某种程度并不是因为莱斯利所指的原因。他的陈述先验论的腔调过浓，不是很可信。喜剧或悲剧中的无赖不应该显露自己的真实面目，这种说法是没有任何根据的，只要作者愿意，他讲多久都没关系；但这种喋喋不休的无赖须是头脑简单的无赖（简单而不是过于简单化）。巴拉巴斯和沃尔波内可以显露自己的本性，因为他们没有任何内涵；表面和实际是重合的；他们是特定方向上的作用力。马辛杰笔下的两个无赖却并不简单。贾尔斯·奥弗里奇本质上是作用于弱小对象的一股强大的力量；虽然力量强大，但是头脑狭隘；是使多个教区人人心惊的恶霸，而不是一个世界的征服者。这股力量受到这个人的粗俗气息的滥用，变弱并受到阻碍：他是这个城市了不起的人，无所畏惧，但对贵族却怀着最卑贱的敬畏之心。因而他并不简单，他是特定文化的产物，而且他也并非完全的自觉。他的独白是预先设定给他的，不是他想象中的自我，而是现实中的他：然而这样的独白不能揭示关于他的真相，而且他自己当然并不知道这个真相究竟是什么。因此，他不可能显露自己的真实面目。

不，当我的耳朵被寡妇的哭喊刺穿时，
当被毁掉希望的孤儿以泪水冲洗我的门槛时，
我只是想着能让我的女儿成为体面人物
该有多好；它具有强大的魔力
使我不知道自责或怜悯，
抑或一丁点的良心不安。

这是个错误的音符。在别处我们找到了正确的：

你真傻；
我远离了官场，就远离了危险；

假如我当了法官，除了麻烦重重，
我可能或者出于任性，或者出于疏忽，
把自己陷入天大的蔑视王权的罪名中，
因此而成为告密者的牺牲品，
不，这不是我想要的；我有忠实的格利迪
就足够了；他将按照我的意志
行事，让他去死吧，遭天谴吧，我才不在乎……

这里的措辞语调调整得多么恰到好处！这个人的音容笑貌尽在眼前。但是从像第一个那样的片断我们可以推想得知，马辛杰并没有清醒地意识到，他自己正在努力塑造的人物在类型上不同于马洛或琼森笔下任何一个人物。

《城市太太》中的卢克·弗鲁格尔并非足以与贾尔斯·奥弗里奇爵士相匹敌的人物。但是卢克·弗鲁格尔只差一点儿就成为了最伟大的伪君子。在该剧的第一幕中，他的谦卑起码有一半的真实。在这个人物刻画过程中的失当之处，不在于假扮的印度巫师夸张的哄骗使他如此轻易地上当，而在于他引诱他哥哥的两个学徒时过早暴露了他的邪恶。除了这一点，他可以算是一个完美的与周遭浑然一体的变色龙。这里我们再次感觉到，马辛杰只是在自觉地塑造一个更为简单的旧式闹剧类型中的无赖形象。但是该剧并非闹剧，不是《马耳他岛的犹太人》、《炼金术士》和《巴托罗缪市集》那种意义上的闹剧。马辛杰不具备创作伟大闹剧的个性气质，他太严肃了，不适合创作微不足道的闹剧。马洛和琼森（以及拉伯雷）被赋予了对戏剧或情节的世界中所有要素进行稍微扭曲，进而使这个世界实现完全自足的能力，该能力是伟大闹剧的先决条件，而这恰恰是马辛杰所不具备的。另一方面，他的气质更接近于他们，而不是雪利或复辟时期的才子们。因此他的两部喜剧自有它们的一席之地。他的思维和感觉的方式使他既不同于伊丽莎白时代的思维，也不同于查理时期的思维，因而陷入孤立。他可能差点儿成为一个伟大的现实主义者；他被传统惯例所扼杀，这些传统惯例适合于他的文学前辈们，却并不适合于他。如果马辛杰是一个更伟大的人，一个更有理性勇气的人，那么他之后的英国文学潮流也许会走上一条不同的发展道路。他的缺陷准确地来讲是个性气质的缺陷。然而在时代呼唤新的人生观点之际，他并不是唯一通过前人眼睛看待人生，只是在手法上别出心裁的文学家。

吴学鲁　佟艳光　译

约翰 · 马斯顿

剧作家约翰 · 马斯顿已经逝世三百年了。他于一六三四年六月二十五日逝世，这是我们所知的关于他的寥寥无几的确定事实之一；但是他的作品新版第一卷及他最著名的戏剧单行本的出版[①]，是件比他的三百周年纪念的到来更为引人注目的大事。因为无论在学者还是评论家那里，马斯顿得到的关注不如任何一位与他同时代的名气相当或更伟大的作家；对于学者和评论家来说，他仍然是一片充满宝藏和风险的处女地。评论家们关于绝大部分他的同时代人的立场观点已经牢牢确定下来；人们在对与马斯顿合作的剧作家进行评价时不会出太大的错，但是关于马斯顿本人仍然可能存在观点上巨大的分歧。他较大的缺点众人皆见，他的优点还仍旧是个存在争议的问题。

自从一八八七年布伦出版至今仍为标准版本的作品集以来，人们对马斯顿的生活经历仍然知之甚少。他的出生地和出生日期至今仍不确定，但是主要的事实是无可争议的：他的母亲是意大利人，他在布拉斯诺斯学院攻读法律，他在很短一段时期内先创作讽刺文学，之后又从事戏剧创作，最后他接受神职。根据我们掌握的本 · 琼森单方面的说法，琼森曾痛殴马斯顿并拿走了他的手枪；我们没有必要怀疑琼森话语的真实性，也没必要用马斯顿为了给德拉蒙德留下自己高他一筹的印象，不惜跋山涉水和他一晤的事例来启发读者的想象力，我们完全可以把琼森给我们留下的一个卑鄙且好笑的人物形象弃置一边，然后再考虑马斯顿作品的价值。在阅读兰姆的精选本或者斯温伯恩的赞美之词前，我们最好通读一下马斯顿的剧作，从头到尾也不是很多部。马斯顿是否有自己的独特见解？他是一位真正的剧作家，还是一个以写剧本作为权宜之计的人？如果他是真正的剧作家的话，在哪部剧作中他发挥最出色？在回答这些问题的过程中，我们很有可能会出现十足的错误，这一点与其他伊丽莎白时期剧作家不同；这种可能性对我们是一种激励。

伍德博士编辑出版的第一卷，除了包括《安东尼奥和梅丽达》和《安东尼奥的复仇》，还包括《愤世者》。共有三种四开本的《愤世者》：伍德博士告诉我们他选用了第二个本子（在格雷格博士的分类中的乙本），同时他还从甲本和丙本中采纳了在他看来更好、更丰满的异文。他还告诉我们，哈里森博士的文本是“四开本修订本”，他遵照神殿剧作家原则（当然这是对这一系列作品非常适用的原则）来对作品的拼写和标点作现代化改写。对这两位编者我们唯一的抱怨是，出于谨慎的考虑，他们的注释只限于可以证实的说法，因而他们剥夺了自己以及读者阅读赏析天才注解者会提出的假想推测的乐趣。举例来说，哈里森博士的术语表遗漏了一些艰涩词语，但包括了其他意义非常明显的词；人们希望伊丽莎白时代文本的编者能够效仿理想注解者弗·劳·卢卡斯在他不朽的约翰·韦伯斯特注本中的做法。伍德博士似乎有查阅哈里森博士版本的便利条

---

① 《约翰·马斯顿戏剧集》（*The Plays of John Marston*），三卷本，亨·哈维·伍德（H. Harvey Wood，1903—1977）编，第1卷（爱丁堡，奥利弗和博伊德出版社）。《愤世者》，乔·巴·哈里森（G. B. Harrison）编，神殿剧作家系列。——原注

件；必须要指出的是，他们两人在某些地方都建议读者查阅卢卡斯先生的韦伯斯特版本以获取更完整的信息。伍德博士与哈里森博士对一个关键问题的判断似乎十分有把握，即《愤世者》是马斯顿最重要的剧作。哈里森博士直截了当地说："《愤世者》是马斯顿最杰出的剧作。"而伍德博士只是说：

> 马斯顿的喜剧和悲剧中最优秀的作品、他伟大的悲喜剧——《愤世者》，具有新颖、惊人的特质……《愤世者》是该时期最具创新意识的戏剧之一……

我们有幸对这一判断进行考察。

包括伍德博士编纂的版本在内的作品集，常常以《安东尼奥和梅丽达》和《安东尼奥的复仇》开始。如果我们先读这两部剧，得到的第一印象很可能会是极度的困惑：如此糟糕的戏剧任何人都可以写得出来，竟会被保存下来并且重印。然而它们不是能让人们完全忘记的戏剧；我们再读一遍（可能出于好奇心，想知道如此糟糕的戏剧何以让人们记住）时，会发现这个问题并不简单。人们最初怀疑马斯顿曾经是诗人，他并不打算从事戏剧创作，但是由于生活所迫，他转向戏剧，尽力写出符合大众品位的东西；正如今天在经济压力之下，一名十分讲究的作家会创作出徒自以为会畅销的作品。即使我们还没读过马斯顿后来的作品，我们也会提出一条反对这个理论的理由。原因是在这两部剧中存在着比其两部讽刺诗作《邪恶的鞭挞》和《皮格马利翁》更好的诗，两部剧不仅有好多可以引用或已被引用的片段，而且在整体氛围上也更富有诗意。《皮格马利翁》显然试图在莎士比亚的《维纳斯与阿多尼斯》之后再铸辉煌，但是试图重复更高超的作家已经完成的创作，唯一的命运终究不过如此。在《安东尼奥和梅丽达》和《安东尼奥的复仇》中，显而易见，人物缺乏可信度。讽刺文学毕竟是伊丽莎白时期作家们致力本土化但成效甚微的一种文学形式；一直到奥尔德姆[1]时代，第一首英文讽刺诗才出现，讽刺诗写得十分自然，已经不能说是文学上的习作了。当多恩尝试这一文学形式时，他和马斯顿一样并不成功；但是无论多恩从事任何形式的创作，他都会显示出一个诗人的本色，尽管他的讽刺诗并不是好的讽刺诗，但是正如在他的书信体诗文中那样，他的讽刺诗中存在着足够的诗意，使得作品具有可读性。马斯顿是十分胜任的讽刺诗人，但他同时也十足的草率。为了功成名就，他写了像《皮格马利翁》这样的讽刺诗；当他发现讽刺诗不会将他引向成功，却会将他送入大牢时，他似乎开始以同样饱满的精神投入到戏剧创作中来。尽管在最初的两部悲剧中他举步维艰，但是它们却蕴含了超过他之前任何作品的诗意。因此，我们不能说，他是一位“诗人”，迫不得已才当了“剧作家”。

关于《安东尼奥和梅丽达》和它的续集（假如我们可以这样称呼一部意图如此不同的戏剧），我们还要谈的一点意见是，它们的拙劣不可以简单地用缺乏能力，或用平常的粗心大意来解释。笨蛋不可能写出来；不辞辛苦的笨蛋可能会写得好点；粗心大意的大师，或粗心大意的笨蛋，是不会故意制造出我们所遇到的荒谬效果的。这两部剧表现出一个人因为不得不以自己轻视的形式从事写作而变得如此愤怒，以至于为了排解

① John Oldham（1653—1683），英国诗人，用英文写仿古讽刺诗的先驱。

自己的情绪，故意比他能做到的更糟糕。这可能看起来像一个过于有独创性的辩护词，但是我们很难解释在第四幕第一场中安东尼奥和梅丽达突然用意大利语互诉衷肠的荒唐对白是自然的平庸写法。该剧的诗法，不敢恭维，大体上没有诗歌价值；当它表达最为明晰易懂之际，如安东尼奥的呼语，它旨在追求一种传统意义的崇高效果；但常常更有意思的是，它具有一种特别的佶屈聱牙和烦躁易怒的特点，正如一位作家由于某种不明的原因变得情绪愤激而流露于文字的情形。该剧偶尔会倒退到更早时期的词汇和剧情变化，这在十六世纪末很难解释，而对本·琼森而言，这种倒退就是技巧不胜任的明证。如在《安东尼奥的复仇》的序幕中：

笨拙的隆冬夹杂着阴湿蔓延开来
流淌的夏日血管；冰冷的细雨
使麻木的大地苍白暗淡的面颊变冷，
阵阵怒吼的狂风啃咬着挂在
裸露而发抖的枝条上干枯的叶子……

或者是在第二幕开头的诗句：

漆黑的夜色如黑色的老马在朦胧间
绕着天堂的坡顶小跑……

不仅是这样的片段使我们感觉正面对一个至少是不一般、难以归类的人。这两部剧中，马斯顿的次要喜剧人物和主要人物一样生气皆无。不论他们的笑话体面与否，它们并不能给人们带来欢笑，如同爆豆一般没完没了、单调乏味地响个不停。然而一段时间过后，这样空洞而不相关的喋喋不休，却恰恰以其空洞和不相关传达出某种东西；在这个影子戏中存在着一种意义重大的毫无生气。在所有伊丽莎白时代的戏剧中，没有比杰弗里·巴勒多爵士刻画得更隐晦的虚张声势的家伙了。然而《安东尼奥的复仇》第五幕第一场在我们的脑海留下了某种印象，但它到底是什么，我们还说不出来。

嗬，有谁在天上，嗬？众所周知
的瘟神。他们说饥饿可以冲破石
墙；我虽憔悴犹如瘦骨嶙峋的饥民，却
不能冲破任何石墙。噢，现在，杰弗里爵士，
拿出你的勇气，冲出监狱，让他们绞死。地狱
最黑暗的隐蔽处也无法容纳不满的
巴勒多爵士的鬼魂。好啊，我已经到外面了；我
摆脱了牢笼，走上绞刑架。噢，可怜的
没有价值的鲱鱼，你腌在怎样的盐水里！噢，饥饿，
你在我的腹中多么飞扬跋扈！噢，渴望有炖烂的肉汤中
一条肥美的母羊腿为食，抑或醉酒的狂歌充饥！
我几乎打不出饱嗝，因为我就会说空话。噢，冷啊，
冷，冷啊，冷，冷啊。噢，可怜的骑士！噢，可怜的
杰弗里爵士，像独角兽那样，在你把角浸入
死亡之水前放声高歌。噢，冷啊，噢，唱啊，噢
冷啊，噢，可怜的杰弗里爵士，唱啊，唱啊！

接下来是潘杜尔佛自高自大的讲演以及关于“世仇宿怨”的叫嚣。巴勒多像其他人物一样，是如此的不真实，甚至都无需否认其真实性；然而关于这个场景，正如这部剧，我们可以说不论它怎样糟糕，除了马斯顿，任何人都写不出来。

我们至今没有试图定义过的这种特质，在其后的大部分剧作中都不这么明晰，原因就是它们更为出色。除了与人合作完成的剧作之外，他最重要的作品有《愤世者》、《荷兰妓女》、《贪求无厌的伯爵夫人》和《谄媚者》。其中的最后一部中，他力量微弱但令人愉快地创作了一个不太自然的情景，一种迈尔斯·斯坦迪什①式的求爱，公主追求代表父亲前来求婚的王子。《贪求无厌的伯爵夫人》的同名主人公根本无法与《白魔》匹敌；她反复无常地频繁变换情人，变心之快达到了闹剧的地步；当伯爵夫人因为罪孽深重被带上断头台，刽子手说道“夫人，挽起您的头发”时，她大声惊呼：

> 噢，这些金色的丝网
> 曾经诱捕了多少荒唐青年，
> 它们每个都承载着一个命数中的经历，
> 并且如迷信一般被深深地信仰着。
> 如今向着断头台我们必须低头服输。又能如何呢？

我们可以说（如果这些台词真是出自马斯顿之手），我们已经知道有另外一个剧作家更擅长写这样的语段，不值得到马斯顿

① Miles Standish（约 1584—1656），英属美洲殖民地军事领袖。美国诗人朗费罗以他为原型创作了长诗《迈尔斯·斯坦迪什的求婚》，叙述了他请奥尔登代他向马林斯求婚的故事，但无史料可以证实。

那里去看韦伯斯特可以带给我们的东西。《荷兰妓女》比以上两部都好；弗利维尔和马勒赫表现得比我们料想中的马斯顿的男主人公更加自然；该妓女的恶行并非令人难以置信或动机不明，她一口磕磕巴巴的英语使她进一步受到孤立；女主人公比阿特丽斯讲了一些动人的台词，根据那个时代舞台的标准，她并没有温柔容忍到了荒谬的地步。然而这部剧并非特别带有马斯顿“标记”的作品；该主题在德克或海伍德手里会处理得一样好，或者更好。我们不是在找寻和其他剧作家同类或者各部分可以与之媲美的戏剧。要证明马斯顿值得伊丽莎白学者以外任何人的关注，我们就必须使读者相信马斯顿做了其他人没有做过的事情，即存在着一种属于马斯顿的腔调，如同一种花的香型，以其独特性在深化了我们对其他剧作家的理解的同时，也使它本身为人们所欣赏，正如见识过栀子花和鱼尾菊的经历会帮助我们更好地体验玫瑰和香豌豆。抱着这样的宗旨，我们有所保留地接受那种认为《愤世者》胜于上一段中提到的三部剧作的观点。

《愤世者》的优越性并不在于更坚实的戏剧结构。它的结构还没有《荷兰妓女》紧密，较为轻松的片段也不像《荷兰妓女》中的次要情节，即科克尔德莫伊捉弄马利格拉伯的恶作剧那样有趣。在这点上，和更有名气的同时代作家相比，马斯顿至多是个不够谨慎的剧作家。他会犯最严重的粗心错误，使他自己笔下的人物乱作一团。甚至在《愤世者》中好像也有一处类似的失当。前几场中好多剧情都建立在比安卡是比利奥索的妻子（典型的村妇）这一前提下；但是在剧中人物表中却不是这样体现的，而且在最后一场中弗内泽对她所说的话，似乎表明马斯顿已经忘记了这一人物关系。

马里沃尔也不是真正可以与杰奎斯[①]相提并论的人物。在莎士比亚的剧作中，杰奎斯被与他形成对照的众多人物所环绕，有时他们用明晰的话语对他有意用幽默方式表达的立场观点进行批评。尽管琼森笔下的愤世者形象缺乏莎士比亚利用人物之间的对照所赋予的深度和多样性，但是他至少较之马里沃尔保留了更大程度的连贯性。这个角色的整体构思并不充分；马里沃尔不是过分重要，就是不够重要。我们可以设想，他扮演自己的角色主要是作为一种掩饰，目的是他能以一个被容许的怪人身份轻易地置身于夺他宝座的篡位者的朝廷。但是他的这个角色难就难在，必须集超然的愤世嫉俗者和等待时机的合法公国君主于一身。他同情弗内泽（弗内泽本身不是一个非常令人满意的人物，当他在第四幕中得到宽恕之后，他在第五幕第三场对比安卡所表现出的不体面的轻浮，严重影响该剧整体效果）。然而马里沃尔在第三幕第一场他的独白中，显然不是在为比利奥索的利益着想，而是旨在表达自己的真实想法和情感，其中间接提及自己正承受失眠的折磨，因为他“不接受自己的命运，抱怨挑剔”，他并非一个极富哲思的人物，也不是人们期待一个宽宏大量的公国君主所表现的，虽然结局总是要这样写。不管他的讽刺挖苦本意上是做作的抱怨还是残酷的讽刺，它们都没能达到效果。

所有其他人物也同样缺乏生气。读者可能会发现哈里森博士关于玛丽亚是一个“有美德的忠贞的妻子，生动活泼并且十分有趣”的赞誉言过其实，并且发现就连玛格莱拉也缺乏生气。的确，当我们拿《愤世者》与除莎士比亚之外的同时代剧

① Jacques，莎士比亚剧作《皆大欢喜》（*As You Like It*）中的人物。

作家的标准来比较时，《愤世者》优点不在于富有任何积极的长处，而在于它避免了可能发生在马斯顿身上的更大的疏漏。它没有像《荷兰妓女》中比阿特丽斯和弗兰切斯基纳面对面的场景那样感人的片段，也没有像同一部剧中科克尔德莫伊的滑稽表演那样轻快的喜剧因素。正如评论家们所说，它具有更有节制、更为均匀的措辞。斯温伯恩并没有把它提升为马斯顿最好的剧作；但是他认为：

> 这阴沉的愤怒，充满怨恨的顺从，躁动的忍耐精神以及高傲而悲痛的激情，它们为话语表达赋予了生命的活力，指引着主人公的行动，其意义远不止戏剧效果上的不温不火，恰到好处；显然，这些情感是这位诗人自己壮志未酬、怀才不遇思想的主要源泉，使他在不情愿的屈服中闷闷不乐，在难以平息的诉求中激情燃烧，正如他早期非戏剧类讽刺作品一样是病态、躁动、正直的情绪的喧嚣混乱的爆发。

简言之，从这部剧以及马斯顿的其他剧作中，我们意识到我们必须探讨一位积极向上、强有力而又独一无二的人物。他是在伊丽莎白时代剧作家中间层出不穷的深沉不满和叛逆精神的新颖变异。同他们中最伟大的一些人一样，他致力于表达出某种在其字面情节和他所操纵的人物以外的东西。

很可能区别诗体剧与散文体剧的关键是一种情节上的双重性，就仿佛情节在两个层面上同时展开。在这点上，它不同于寓言，在寓言中抽象的概念是被表达出来的，而不是仁者见仁、智者见智，人人感觉不同的东西；它也不同于象征主义作品（如在梅特林克的剧作中），在象征主义作品中有形的世界被有意地缩小。象征主义作品和寓言是有意识地进行统筹规划的头脑的产物。在诗剧中，一个特定的枝节问题可能是这个双重性的征兆；或者说戏剧具有一个不如戏剧整体格调明显的次要格调。在追踪陀思妥耶夫斯基笔下一些人物的言谈举止的过程中，我们有时感觉他们同时生活在一个我们了解的平面和某个我们一无所知的现实平面上：他们的行为似乎并不疯狂，只是在与某个我们无法感知的世界保持一致。这个双重性更为断断续续、更微弱地出现在查普曼作品的各处，尤其是在《布西·德·昂布阿》及其续篇中。在地位低些的天才的作品中，比如在《复仇者的悲剧》作者的剧作中，人物本身几乎无法实现这个双重现实；我们意识到，作者也许并非很自觉地在他们之间进行操纵，利用他们来表达某种他自己可能也不十分清楚的东西。

马斯顿不是凭借写作可引用的“诗意”片段，而是通过使我们感知到戏剧背后比他笔下任何人物和他们的行为更真实的某种东西，在天才作家之间确定了自己的地位。在他的剧作中有一部，还一直没有提及，而且显然流传得不广，也不是很被看重，但是我们可以提出这样的观点：它是他最优秀的作品，是他被扭曲和阻挠的天才最接近充分的表达。它就是《女人的奇迹》，亦称《索福尼斯巴的悲剧》。在马斯顿短暂的创作生涯中，这是一部出现得相当晚的作品，而且我们有理由猜测作者自己对这部作品尤为偏爱。由于这部“悲剧会大胆地忍受最好奇的精读”，它给人们留下的印象是，马斯顿是为取悦自己而作的。巴伦认为它“不够感人”，就连斯温伯恩也在称赞的同时对一些场景有所保留。然而这部剧情节不错，结构均匀合理，节奏明快。没有枝节问题和喜剧片段；风格朴素而简约。太精于算计的迦太基人迅速背弃马西尼萨，转而效忠于他的情敌——索福尼斯巴的另一个求婚者赛法克斯，造成马西尼萨与希皮奥的结盟，这样的情节还是比较可信的，使读者对战争的命运兴奋不已。女巫埃莉克托化身为索福尼斯巴以引诱赛法克斯和她睡觉那场戏，绝不是巴伦希望看到的，这个无来由的恐怖场景，只会使我们感到惊悚；它是该剧情节整体的必要组成部分；它是那些具有双重现实的时刻之一，在这一时刻马斯顿弦外有音，显示了他的诗歌天赋。而且这些值得铭记的优美片断，不像他之前剧作那样犹如嵌在牛油布丁中的李子；它们可以让我们领略到全剧的良好品质，例如：

　　　　尽管上天遥不可及，
但众神有着最长的耳朵；
朱庇特长着一百只大理石般无情的手。

没有什么是天生就无用的，
没有，就连无益之物本身亦非无用。
那么欺骗是无益的存在吗？
如果有时迫不得已非用不可，
还有什么比拯救国家更为紧迫呢？

我们的誓约，约定，誓言，噢，它们就是我们自己。

众神不能预见未来，但能洞察一切，因为在他们眼里
没有过去或将来；你也不会因为众神预知一切

而成为可耻的人；众神看待事物的方式
和我们并不相同；事情并不像我们看见的那样。

（这最后一句引文使我们想起梅雷迪斯的一句台词，“在他们伟大的记忆中，众神的意志昭然若揭”。但是马斯顿的表达更胜一筹。斯温伯恩虽然有能耐对几乎所有可以容忍的伊丽莎白时代戏剧产生喜爱之情，但当他称《索福尼斯巴》“矫揉造作而且野心勃勃”并且提到“粗糙的不规范语句和暗喻的奇异畸形”时，却有失公允；他引用第二幕结尾部分并对之加以贬损，这样对待一个内容颇为可取的片段是很不公正的。）

不要赞美众神的仁慈，而是要深深地把他们喜爱；
众神不会陷入罪恶，由于永恒的仁慈
（这是人类所必需的）他们是欢乐无边的
快乐之王……

下面引文独具匠心，新颖别致：

在雕像以及朱庇特的行为被生动描绘之处
男孩们用漆黑的木炭画出自然被遮蔽的部分，
连同想象中欲火支配下的淫荡丑行；
在阔绰死者的坟墓和华丽的骨灰瓮
矗立的安息之地，牧羊人如今
卸下腹中的负担，最被憎恶的腐败物
将自己与那些名人的骨灰混在一处。

随后的诗行带有绝妙的塞内加口气：

> 我的神是我的手臂；我的生活是我的天堂；我的坟墓是我一切的终结。

索福尼斯巴临终前所说的话：

> 从不欢笑的人可以用一张永恒的面孔
> 蔑视蹙额的朱庇特：欢乐使我们卑鄙。

可以看作一种“古典”气质与图尔纳的“浪漫”气质形成对照：

> 我认为人在忘我状态下是最幸福的。

我们汇集了大量来自《索福尼斯巴的悲剧》的引文，而不去引用其他剧作，希望读者会看出这样做的缘由。引用这些片段的目的是展示这部剧卓越的组织连贯性，以及在色调上不仅区别于马斯顿的其他剧作，而且也区别于伊丽莎白时代所有其他剧作家的特异性。在喧嚣的情节和剧中某些暴行和恐怖部分的下面，存在着一种平静；当我们熟悉这部剧作之时，我们感觉到在剧中人物有意使自己融入其中的整体格调后面，还有一种格调；这种格调我们只是在自己的生活中极为少有的阳光下打瞌睡的注意力涣散和超然时刻才会察觉到。它是由古代世界称之为命运的东西所决定；它又被基督教精细化成为微妙的神学迷宫；它在现代世界又被缩减成为心理和经济必需品的未成熟状态。

我们可能会被要求作出解释，何以给这部剧如此崇高的地位，因为事实上，无论是同时代的知名度还是后人的批评，没有提供任何支持这一说法的根据。好吧，我们可以谨慎地提出，一般来说在我们评价伊丽莎白时代戏剧时，我们深受伊丽莎白时代标准的影响。莎士比亚超越那个时代所有其他诗人和剧作家这个事实，强加给今天一个莎士比亚标准：任何与莎士比亚戏剧种类相同的剧作，都要用莎士比亚来衡量，不论该作品多么逊色于莎士比亚的作品，仍然被当作种类的戏剧更好。不论我们平素多么宽容大度，但是当我们进入伊丽莎白时代，我们都严格依照通常的伊丽莎白标准来褒贬戏剧。福克·格雷维尔从来没有得到过十分公正的待遇；我们在了解格雷维尔和丹尼尔时，认定他们“不在主流之内”。把自己的小船拴在大型帆船船尾的次要诗人，比选择自己摇桨的次要诗人生存的机会更大。马斯顿在他那部引以为豪的剧作中，效仿的是塞内加，而不是莎士比亚。如果那艘大船是高乃依或拉辛，而非莎士比亚的话，那么今天马斯顿可能会给人们留下更好的印象。几乎在他的整个戏剧生涯中，他都是在创作一种戏剧，而我们却认为他背叛了戏剧。为了欣赏这部他为取悦自己而创作的戏剧，我们应该读格雷维尔和丹尼尔的作品，大概他并没有清楚意识到他和他们之间的亲和力，而且我们还要在走向他之前读完高乃依和拉辛的作品。毫无疑问，他会以其不适当的措词使这两位法国剧作家和那两位英国的古典主义者感到震惊；尽管如此，他应该与他们而不是与莎士比亚列为一类。

吴学鲁　佟艳光　译

T. S. Eliot

Tradition and the Individual Talent: Selected Essays

图书在版编目（CIP）数据

传统与个人才能 /（英）托·斯·艾略特（T. S. Eliot）著；卞之琳译. -- 上海：上海译文出版社，2025. 8. --（艾略特文集）. -- ISBN 978-7-5327-6623-9

Ⅰ. I06-53

中国国家版本馆 CIP 数据核字第 20257UL648 号

传统与个人才能	T. S. Eliot	出版统筹　赵武平
Tradition and the Individual Talent: Selected Essays	[英]托·斯·艾略特 著	责任编辑　王　源
	卞之琳 等译	装帧设计　汐　和

上海译文出版社有限公司出版、发行

网址：www. yiwen. com. cn

201101　上海市闵行区号景路 159 弄 B 座

江阴市机关印刷服务有限公司印刷

开本 787×1092　1/32　印张 6. 25　插页 5　字数 108,000

2025 年 8 月第 1 版　2025 年 8 月第 1 次印刷

ISBN　978 - 7 - 5327 - 6623 - 9

定价：59. 00 元